E a juíza tinha razão

Editora Appris Ltda.
1.ª Edição - Copyright© 2022 da autora
Direitos de Edição Reservados à Editora Appris Ltda.

Nenhuma parte desta obra poderá ser utilizada indevidamente, sem estar de acordo com a Lei nº 9.610/98. Se incorreções forem encontradas, serão de exclusiva responsabilidade de seus organizadores. Foi realizado o Depósito Legal na Fundação Biblioteca Nacional, de acordo com as Leis nᵒˢ 10.994, de 14/12/2004, e 12.192, de 14/01/2010.

Catalogação na Fonte
Elaborado por: Josefina A. S. Guedes
Bibliotecária CRB 9/870

M357e
2022
	Marques, Alice
	    E a juíza tinha razão /Alice Marques, Maria de Nazareth Farias do Nascimento. - 1. ed. - Curitiba : Appris, 2022.
	    89 p. ; 21 cm.
	
	    ISBN 978-65-250-2179-9
	
	    1. Memória autobiográfica. 2. Justiça. 3. Juízes. 4. Tribunais.
	I. Nascimento, Maria de Nazareth Farias do. II. Título.
	
	                                                    CDD – 808.06692

Livro de acordo com a normalização técnica da ABNT

Appris *editora*

Editora e Livraria Appris Ltda.
Av. Manoel Ribas, 2265 – Mercês
Curitiba/PR – CEP: 80810-002
Tel. (41) 3156 - 4731
www.editoraappris.com.br

Printed in Brazil
Impresso no Brasil

Alice Marques
Maria de Nazareth Farias do Nascimento

E a juíza tinha razão

FICHA TÉCNICA

EDITORIAL	Augusto V. de A. Coelho
	Marli Caetano
	Sara C. de Andrade Coelho
COMITÊ EDITORIAL	Andréa Barbosa Gouveia (UFPR)
	Jacques de Lima Ferreira (UP)
	Marilda Aparecida Behrens (PUCPR)
	Ana El Achkar (UNIVERSO/RJ)
	Conrado Moreira Mendes (PUC-MG)
	Eliete Correia dos Santos (UEPB)
	Fabiano Santos (UERJ/IESP)
	Francinete Fernandes de Sousa (UEPB)
	Francisco Carlos Duarte (PUCPR)
	Francisco de Assis (Fiam-Faam, SP, Brasil)
	Juliana Reichert Assunção Tonelli (UEL)
	Maria Aparecida Barbosa (USP)
	Maria Helena Zamora (PUC-Rio)
	Maria Margarida de Andrade (Umack)
	Roque Ismael da Costa Güllich (UFFS)
	Toni Reis (UFPR)
	Valdomiro de Oliveira (UFPR)
	Valério Brusamolin (IFPR)
ASSESSORIA EDITORIAL	Manuella Marquetti
REVISÃO	Cassandra Dittmar Debiasi
PRODUÇÃO EDITORIAL	Bruna Holmen
DIAGRAMAÇÃO	Bruno Ferreira Nascimento
CAPA	Sheila Alves
COMUNICAÇÃO	Carlos Eduardo Pereira
	Karla Pipolo Olegário
LIVRARIAS E EVENTOS	Estevão Misael
GERÊNCIA DE FINANÇAS	Selma Maria Fernandes do Valle

A todos que enredaram esta história de amor e de justiça!
Aos que superaram e aos que continuam tentando!

Agradecimentos

Ninguém constrói nada sem a contribuição de alguns, sendo muito importante lembrá-los e agradecer-lhes publicamente.

Inicialmente, curvo-me em gratidão a Jesus Cristo, grande luz, que tem guiado meus sentimentos e ações. Somente com Ele, pude ser forte e resistente.

A Valerius Mouzart Farias Freire, por seu prestimoso apoio em todos os setores do meu cotidiano. Meu sobrinho tem me assessorado nas tarefas junto ao Tribunal e ainda como um grande companheiro no meu dia a dia.

À minha grande amiga, Dr.ª Creuza, magistrada em excelência, minha contemporânea, por ter aceitado, de tão bom grado e alegria, escrever nosso prefácio. Foi uma honra para nós.

À minha amiga-irmã, amada Niza Dib Bastos, por todos esses anos de companheirismo, apoio perene, quase devoção em amizade. Niza viu muito da minha história, estando presente de corpo e alma junto.

Um obrigada especial à minha filha, a autora principal da presente obra, pois, não somente em sua voz, pude saber de mim mesma, mas todas as providências para o livro foram tomadas por ela. Aproveito ainda para agradecer ao meu genro, Paulo Marques, e ao meu neto, Bruno, por terem renunciado à atenção da minha filha em prol do livro. Foram horas de dedicação dela para comigo.

Com muito carinho, a todos os protagonistas da minha biografia.

Maria de Nazareth

Prefácio

Honra-me prefaciar este livro, nascido da admiração de uma filha por sua mãe e do anseio de lhe fazer justiça, por sua inteligência, coragem e determinação, que a levaram a uma atuação de vanguarda ao longo de toda a sua trajetória. A escrita da autora é leve e agradável. Narra a vida de uma grande mulher. A maneira como conciliou a maternidade e a sobrevivência na busca do melhor para Alice, única filha; sua vida acadêmica desenvolvida na Universidade Federal do Amazonas, a Velha Jaqueira; o seu ingresso na magistratura; as dificuldades enfrentadas nesse mister... Tudo, enfim, justifica o registro de uma vida que merece ser contada: a de Maria de Nazareth Farias do Nascimento, juíza de direito do Tribunal de Justiça do Estado do Amazonas, uma pessoa simples, que tem como principais predicados ser "amiga dos amigos" e dedicar-se, com tudo o que pode, naquilo a que se propõe fazer.

Da magistratura, Nazareth fez um sacerdócio, sem se descurar dos deveres de seu cargo. Seu espírito humanitário evidencia-se em todos os momentos de sua vida. Ela admoestava, consolava, conscientizava. Em sua prática cotidiana de magistrada, aliava a fé ao Direito.

Sua inteligência e coragem mostraram-se mais evidentes no ano de 1991, quando em um plantão judicial liberou 126 detentos que se encontravam, comprovadamente, em situação irregular. Sofreu duras críticas por sua atuação, não capazes, entretanto, de abalar a juíza conhecedora da realidade dos presídios superlotados, "depósito de seres humanos", semelhantes a muitos espalhados pelo Brasil afora. Ao refletir sobre essa realidade, não hesitou em reconhecer o excesso de prazo e efetivar o direito à liberdade de quem merecia esse reconhecimento.

A decisão da magistrada foi referendada pelo Pleno do Tribunal de Justiça do Estado do Amazonas e por todos os que conheciam seu trabalho, sua dignidade e sua honestidade, servindo de inspiração para a criação, em 1994, de uma comissão composta por juízes e promotores, a qual resultou na liberdade de 155 presos que se encontravam em regime de progressão de pena.

Adorei ler o livro, que, ao narrar parte da vida de uma pessoa honrada e magistrada intrépida, apresenta-se como uma verdadeira declaração de amor de uma filha à sua mãe e, muito mais, um convite que nos leva à conclusão de que, neste mundo cheio de tropeços, enfim, a juíza, que sempre honrou a toga que vestiu, tinha razão.

Dr.ª Maria Creuza Costa de Seixas
Presidente da Associação Brasileira de
Mulheres de Carreira Jurídica do Estado do Amazonas

Apresentação

Minha mãe sempre manifestou interesse em escrever um livro. Ao longo dos anos, colecionou muitos registros — jornais, fotos, pequenas anotações. Isso tudo muito bem organizado em uma pasta. Costumeiramente, várias lembranças de sua época de juíza vinham à tona, fazendo parte de suas conversas cotidianas. Algumas histórias eram-lhe tão significativas que se repetiam constantemente. Um belo dia, ela começou a escrever seu livro e, lá pelas tantas, enviou-me algumas laudas a fim de uma breve revisão. Comecei a corrigir, a complementar, e não demorei a assumir a primeira pessoa no texto. Foi algo irrefreável. Aquelas lembranças conjugavam-se às minhas. Era a minha história também. Eu tinha sido a garotinha que acompanhara tudo aquilo; que sofrera junto, vivera junto, e agora, adulta, descobria segredos que, à época, me haviam sido negados. Eu escrevia sem parar, chorava sem parar, lembrava sem parar. Ela contava e eu recontava, adicionando minhas próprias impressões e vivências relacionadas. Os escritos eram emocionantes pra mim.

Embora um livro biográfico, cheio de nuances pessoais, ele também traz Manaus como cenário político, social. São memórias que incluem dados e personagens da história amazonense, relatadas por quem esteve à frente de causas sociais, em um posto de destaque e força moral, como pode ser referida a magistratura de mamãe.

Boa leitura!

Alice Marques
Brasília, novembro de 2021.

SUMÁRIO

CAPÍTULO 1
O JURAMENTO 16

CAPÍTULO 2
ANDANDO SOBRE AS ÁGUAS 34

CAPÍTULO 3
O SOL DA JUSTIÇA 48

CAPÍTULO 4
LUZ DA LEI 58

CAPÍTULO 5
HISTÓRIAS DE NAZARETH 70

CAPÍTULO 6
E A JUÍZA TINHA RAZÃO 78

REFERÊNCIAS 87

Que a justiça brasileira jamais recuse sua natureza socializadora. Que possa permanentemente acolher em seu manto benfeitor todo aquele desprovido de proteção e necessitado de justiça. Que seja esta a sua razão de existir e agir.

Dr.ª Maria de Nazareth

Capítulo 1
O juramento

Nasce a Dr.ª Maria de Nazareth Farias do Nascimento

Em 9 de agosto de 1978, em um pequeno recorte de jornal, preservado por mamãe, saiu a notícia do *Juramento de Seis Novos Bacharéis* da Faculdade de Direito do Amazonas[1]. Entre eles, Maria de Nazareth Farias do Nascimento.

Figura 1 – Juramento de seis novos bacharéis

Fonte: Juramento ([1978])

---

[1] A Faculdade de Direito – Universidade de Manáos, fundada em 1909, conforme página oficial da Universidade Federal do Amazonas – UFAM, e segundo a qual, trata-se da universidade mais antiga no Brasil. Tendo sido a Universidade dissolvida em 1926, a Faculdade passou a funcionar como unidade isolada de ensino superior, mantida pelo estado. Anos depois, a Faculdade foi incorporada pela Universidade Federal do Amazonas, instalada em 1965, decorrente da Lei Federal 4.069-A, 1962, assinada pelo Presidente João Goulart.

O juramento no Direito tem como princípio a sua consagração como promotor da justiça e da paz na sociedade, combatendo qualquer obstáculo que possa intervir nesse ideal. Nesse sentido, o bacharel em Direito se compromete a portar em sua conduta moral uma carga a mais do que o restante da sociedade, enquanto representante legítimo da justiça e um guardião da paz entre os homens.

Antes

Minha mãe conta que se decidiu pelo Direito por motivos particulares. Que, certa vez, se sentiu desprotegida, quando, ao comparecer a um fórum para tratar da pensão alimentícia da pequena Alice, de 4 aninhos de idade, ficou sabendo que seria necessário um advogado para encaminhar o pedido: *Então eu não posso acionar sozinha o pai da minha filha para pagar a pensão alimentícia?* Lançou a jovem de 21 anos ao tabelião atendente. Comovido, o atencioso senhor começou a lhe perguntar a história, afinal, o que acontecera.

Mamãe contou de sua pobreza imensa, da falta de perspectiva e da preocupação com a filha. O senhor, consternado, lhe indicou um emprego. Disse-lhe que um amigo estava precisando de uma ajudante em seu escritório. Mamãe lhe perguntou abertamente se não iria ser assediada; ao que ouviu que o senhor Anúbio era um homem de bem e que tinha esposa. Pois então, mamãe foi atrás e conseguiu aquele emprego — perfeito para a ocasião!

O emprego era na Ordem dos Músicos do Brasil — seção Amazonas, e o senhor Anúbio era o presidente à época. De fato, foi bem recebida e sempre respeitada. O trabalho era bastante sério e significou muito para a sua vida. Foi lá que ela conheceu um grande homem, amigo do peito, ídolo, incentivador — o estudante de Direito, à época, senhor Antônio Anunciação (*in memoriam*).

Figura 2 – Senhor Anúbio e Anunciação

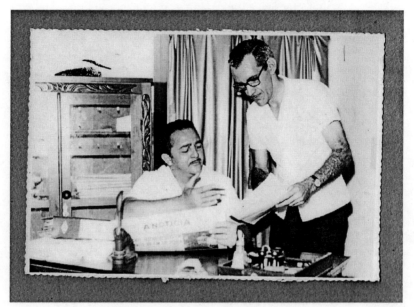

Fonte: acervo pessoal

Anunciação era um grande amigo do chefe da minha mãe e fora chamado por ele para ajudar na parte administrativa, tendo em vista sua notável habilidade no assunto. Segundo minha mãe, o trabalho dele sempre decorreu voluntário, nunca tendo efetivado nenhum vínculo empregatício na Ordem dos Músicos. Na verdade, fora inúmeras vezes convidado a assumir a presidência, mas sempre recusava, mantendo-se no voluntariado. Seu gosto era, preferencialmente, organizar e administrar internamente. Para tanto, Anunciação estabeleceu funções para cada um dos três funcionários. Mamãe ficou com atribuições de secretariado.

Não raro, minha mãe me levava para a Ordem dos Músicos; me colocava numa mesinha à parte, confeccionava uma máquina de datilografia de papel, a qual imitava muito bem o barulho da original. Eu ficava datilografando um bom tempo, aguardando minha mãe terminar o trabalho.

Figura 3 – Socorro Freire, Katia (cantora até os dias atuais) e minha mãe – usando uniformes idealizados, com capricho, por Anunciação

Fonte: acervo pessoal

Anunciação era meu amigo e eu o chamava simplesmente de Anunciação. Recebi essa liberdade. Ele conversava muito comigo, como um pai faria. Dava conselhos, explicava coisas da vida. Certo dia, me falou sobre a hierarquia. Ilustrou um exemplo mencionando seus 7 filhos. Segundo suas regras de pai, o filho mais velho mandava no próximo mais novo; este, no seguinte, obedecendo sempre a ordem do nascimento; o mais novo de todos mandava no cachorro. Foi incrível, a explicação foi perfeita. Afinal, ali, eu havia dado a conhecer o conceito de hierarquia. Foi uma explicação muito sábia e nítida para mim. Aliás, ele desenvolvia muitos temas complexos comigo. Havia uma ênfase em assuntos relacionados ao poder: hierarquia, regimes políticos, democracia, comunismo etc. Eu já devia ter uns 12 anos.

Anunciação não chegava a impor nada, mas seu poder argumentativo era magnânimo e pode-se dizer que, de certo modo, acabava impondo, tendo em vista sua brilhante e sedutora eloquência. Teria gostado se ele tivesse sido meu pai, desde que eu pudesse ter sido sua filha mais velha.

Apesar de se sentir bem no emprego, mamãe sentia que ganhava pouco. Ansiava por algo mais rentável. Certo dia, confidenciou-se com Anunciação que iria embora de Manaus; iria para Belém, tentar uma vida melhor. O amigo, que à época era estudante de Direito, lhe desarmou. *Nada disso, Nazareth! Você vai estudar Direito e eu vou melhorar seu salário. Mas atenção!* — bradou-lhe o amigo — *e uma vez aprovada na Faculdade, somente serão aceitas notas excelentes.*

Meses após essa conversa, Anunciação se formava bacharel em Direito e mamãe era aprovada no vestibular para o mesmo curso, seguindo o caminho iluminado pelo seu grande amigo. Finalmente, uma nova vida, comemorou mamãe!

A Ordem dos Cobras nas velhas arcadas do casarão da Praça dos Remédios

Às vezes, mamãe me levava pra Faculdade. Eu devia estar com meus 14 anos. O prédio era na Praça dos Remédios. Uma praça linda, pertinho da beira do rio e compartilhada com a Igreja dos Remédios.

Na Faculdade, os professores seguiam a mesma linha dura de trabalho, aprendida com Anunciação. Tratava-se ali de uma distinta elite intelectual, que promulgava notas abaixo de 8 como característica de mediocridade absoluta. Mamãe, impressionada com as exigências, tratou de mergulhar nos volumosos tomos, típicos da área. Para tanto, montou um grupo de estudo severo, no qual não eram permitidas *conversas tolas*, segundo ela.

O grupo se reunia à noite e, inclusive, de madrugada. Complementarmente, mamãe gravava quase todas as aulas. O gravador lhe acompanhava nas aulas dos grandes mestres. Para otimizar o conteúdo gravado, minha tia Maria José Farias Freire, a Ria, a ajudava a degravar, com sua linda letra cursiva. Nada de computador. Depois, podia-se ver a estudante aplicada decorando aquilo tudo.

Os professores anunciavam as notas com suspense cinematográfico, apresentando-as em ordem crescente, de modo oral, em frente à turma. Certo dia, mamãe ouvira do professor doutor Trindade que apenas uma pessoa havia tirado 10. Ficou extasiada quando o professor proferiu seu nome.

Umas das marcas mais profundas quem deixou foi o espetacular professor doutor Samuel Benchimol — professor de Economia da Faculdade de Direto do Amazonas, década de 60. Relatar a grandeza desse homem extraordinário é uma tarefa inalcançável, tal seu brilhantismo acadêmico.

O grande mestre pensava a Educação, refletia sobre o cotidiano escolar, possuindo uma ideologia crítica a respeito do ensino. Sua conduta pedagógica carregava elaboradas reflexões a respeito da sala de aula. Ponderava ele como um dos problemas pedagógicos mais sérios, no âmbito do ensino universitário, a relação professor-aluno. Para ele, o professor exerce sua função em salas superlotadas, empobrecido pela baixa remuneração, e o aluno assiste às aulas enquanto "fugitivo de expedientes de repartições e de escritórios, sem tempo para ler e estudar" (BENCHIMOL, 1977, p. 121). Entretanto, relatou o honorífico mestre que, apesar de tais dificuldades, "sempre existiriam os bons alunos, aquela faixa de 10 a 20% de discentes de uma classe que se situam na linha ascendente da Curva de Gauss[2]" (BENCHIMOL, 1977, p. 122).

Benchimol procurou cumprir "o magistério com paixão e elevado senso missionário" e idealizava seus estudantes como "fontes de inspiração, criatividade" (BENCHIMOL, 1977, p. 121). Não era à toa que os classificava mediante uma atípica taxonomia animal, cujo critério associava a característica do animal ao desempenho de cada estudante. A ideia era premiar os bons. Para tanto, o professor

---

[2] Curva de Gauss seria o ápice da curva de um determinado gráfico.

E A JUÍZA TINHA RAZÃO

instituiu "duas Ordens de Mérito Escolar: a Ordem dos Cobras e a Ordem dos Buiuçus. Na Ordem dos Cobras ingressam os melhores alunos que alcançaram pelo menos as melhores notas ou uma nota máxima no período escolar" (BENCHIMOL, 1977, p. 122).

Na obra mencionada, está publicada a lista de estudantes de sua famosa caderneta vermelha, na qual constam os nomes dos que alcançaram o status de Cobras e Buiuçus (ver página 128), tendo início em 1955 e fim em 1976. Consta na lista de 1973 o nome de Maria de Nazareth Farias do Nascimento, como uma de suas alunas Cobra. Escreveu ele: "na Ordem dos Cobras ingressam os melhores alunos que alcançaram pelo menos as melhores notas ou uma nota máxima no período escolar" (BENCHIMOL, 1977, p. 122).

Após a finalização do curso, Samuel Benchimol ainda concedia aos estudantes um documento, no qual constava a declaração do respectivo status acadêmico. Reza a lenda que quem detivesse a seguinte declaração obteria vaga garantida em qualquer curso de pós-graduação no Brasil, tendo em vista a credibilidade do grande mestre no cenário acadêmico brasileiro.

Figura 4 – Declaração de Samuel Benchimol sobre o pertencimento à Ordem dos Cobras

SAMUEL BENCHIMOL
Rua Miranda Leão, 41 - 1º andar - Fone:
69.000 Manaus — Amazonas

A QUEM INTERESSAR POSSA

Com a presente venho certificar que a bacharel em Direito Maria de Nazareth Farias do Nascimento foi minha aluna da disciplina Introdução à Economia, durante o período letivo de 1973, tendo obtido nota máxima de 10 (dez) em uma das provas de avaliação, o que lhe valeu a sua inclusão no rol do mérito escolar acadêmico da Ordem dos Cobras.

A referida ordem de mérito acadêmico visa estimular e premiar os melhores alunos da disciplina que ensino, e com isso servir de estímulo para o prosseguimento interior nos cursos de pos-graduação.

De acordo com a tradição dessa ordem de mérito que instituí, como professor catedrático, desde os idos de 1955, cartas de recomendação como esta são concedidas apenas àqueles estudantes integrantes dessa ordem.

A bacharel Maria de Nazareth Farias do Nascimento como membro permanente dessa ordem de mérito, pelo seu valor próprio, dedicação ao estudo e desempenho escolar tem direito, portanto, a esta carta de apresentação e recomendação, o que faço, com imenso prazer, na esperança de que a sua postulação como candidata a curso de pos-graduação, venha a ser atendida, em atenção aos seus méritos pessoais e acadêmicos.

Manaus, 25 de junho de 1987.

Samuel Benchimol
Professor Titular da Universidade do Amazonas

Fonte: acervo pessoal

O juramento

Mamãe se formou em grande estilo aos 30 anos de idade. A aluna brilhante e amiga de todos os colegas foi escolhida em votação, por unanimidade, para ser a oradora da turma, tendo sido a primeira oradora mulher do curso de Direito da Faculdade de Direito do Estado do Amazonas.

Não poderia deixar de trazer suas belíssimas palavras à vista. Certamente, um discurso da alma, em forma de promessa, de compromisso legítimo com a profissão abraçada.

> Exmo. Senhor Governador do Estado do Amazonas – Ministro Henoch da Silva Reis; Magnífico Senhor Reitor da Universidade do Amazonas – Prof. Dr. Hamilton Botelho Mourão; Exmo. Senhor Prefeito desta Capital – Cel. Jorge Teixeira; Exmo. Senhor Arcebispo Metropolitano de Manaus – D. João de Souza Lima; Ilmo. Senhor Diretor da Faculdade de Estudos Sociais – Ex-Faculdade de Direito – Prof. Dr. David Alves de Mello; Ilmas. Autoridades Constituídas; Ilustres Mestres; Queridos pais, esposos, esposas, irmãos; Caros colegas universitários; Caros colegas bacharéis; Senhoras e Senhores,
>
> Com nossas almas genuflexas e o Espírito voltado primeiro para Deus, aqui nos encontramos nesta magna reunião, na plenitude emocional, aderimos fraternalmente. A lembrança da Fraternidade nos bancos acadêmicos, será uma das mais queridas, das mais calorosas, das mais solenes forças de solidariedade, reverdecendo as imagens na ilusão de novas primaveras, com o amplexo de cada companheiro, corações batendo compromissos, olhos úmidos de saudade. Vamos fazer uma corrente, de não nos dividirmos, não nos separarmos, não rompermos a união criada em dias de fadigas e inquietações comuns. Tempo virá, em que repetiremos SCHILLER – "Olha-odiamos; nossas opiniões nos afastam um do outro e, durante esse tempo, teus cabelos como

os meus, embranqueçam...". Confiemos, na mais generosa receptividade a este pelo em que devemos depositar a sinceridade de nossa devoção à juventude, cultivemos, pois, os motivos de cordialidade, procurando os pontos altos de aproximação e acordo, elevando o espírito às culminâncias dos deveres para com a pátria e humanidade. Continuemos a luta sem orgulho ou jactância, mas com firmeza ou determinação, não arredando um passo no comprimento do dever perante a sociedade, tendo como modelo a própria expressão de Da Vinci "as espigas vazias levantam para um céu a cabeça arrogante, enquanto as cheias inclinam-se para sua mãe, a terra". Engalanemos, pois, a memória de reminiscências que norteiam, estimula, confortam, que nos valorizam perante nós mesmos, que conservemos o sopro romântico da pureza e da bondade e, instalando dentro de nossos espíritos um cofre de ressonâncias que preservam a beleza e a verdade contra a conveniência e a malícia. Esta, portanto, é certamente uma data significativa para todos, pois, acabamos de receber o passaporte que nos autoriza a viajar pelo extraordinário e maravilhoso mundo do Direito e da Justiça.

A vida do advogado é uma luta constante, notadamente na área penal, quando lhe é designada uma causa criminal, é seu dever assumir a defesa, sem considerar sua própria opinião sobre a culpa do acusado, porque, ao advogado não compete julgar se a causa é justa ou injusta, poderá recusá-la se considerar causa imoral ou ilícita, de acordo com o preceito do art. 87 do Estatuto da OAB: "São deveres do advogado: inciso XII recusar o patrocínio de causa que considere imoral ou ilícita, SALVO DEFESA EM PROCESSO CRIMINAL". HENRIQUE FRÓES, eminente advogado, frisou que "quando a defesa é criminal, é dever do advogado assumi-la, qualquer que seja a sua opinião sobre a culpa do acusado ou as ideias que ele professe". CAREL DE CAEN – "o advogado tem o direito e o dever de pronunciar palavras vingadoras que aliviem a consciência pública, levantem a coragem dos fracos, contenham as audácias dos poderosos e preparem a mais sublime obra – a da Justiça". LACHAUD – "A lei confiou o direito de defesa à honra profissional do advogado, conciliando assim, os legítimos direitos da sociedade com os direitos invioláveis do acusado. O legislador que ao lado do réu, fosse quem fosse, houvesse sempre uma palavra leal e honrada".

O Estatuto da Ordem dos Advogados do Brasil dispõe sobre os deveres e direitos do advogado, do elenco tiramos alguns desses dispositivos para que fiquem impregnados em nossas consciências.

Art. 87 – São deveres do advogado: I – Defender a ordem jurídica e a Constituição da República, pugnar pela boa aplicação das leis e rápida administração da Justiça e, contribuir para o aperfeiçoamento das instituições jurídicas; [...] IX – velar pela dignidade da magistratura, tratando as autoridades e funcionários com respeito e independência, não prescindindo de igual tratamento;

Art. 89 – São direitos do advogado: I – Exercer com liberdade, a profissão em todo o território nacional, na defesa dos direitos ou interesses que forem confiados; [...] XXIII – usar as vestes talares e as insígnias privativas de advogados;

NO EXERCÍCIO DA ADVOCACIA – Cód. de ética profissional. I – Aplicará o advogado todo o zelo e diligência e os recursos do seu saber, em prol dos direitos que patrocinar; [...] V – manterá ao advogado, em todo o curso da causa, perfeita cortesia em relação ao colega adverso, e evitará fazer alusões pessoais;

Após falar nos deveres e direitos do advogado, lembremos, ressaltemos com ênfase das primeiras lições de Prática Forense em que o grande mestre TRINDADE, lecionava e citava o artigo 68 do Estatuto "No seu ministério privado o advogado presta serviço público, constituindo com os Juízes e membros do

Ministério Público, elemento indispensável à administração da Justiça". De fato, o advogado desempenha perante a sociedade um papel preponderante de valor inestimável. Nas horas de crise, nos minutos sombrios da história, sempre resta o advogado, que amparou Maria Antonieta ou aquele denodado que defendeu Tiradentes, são os antecessores da nobre estirpe dos que hoje pugnam pelo DIREITO, neste mundo conturbado e em mudanças violentas. É pela voz do advogado que se aperfeiçoa na ordem jurídica.

Advogados e juristas devem ser sempre agentes do progresso pelas precisas reformas sociais que propiciam na formação do direito pretoriano; patrocinam o interesse do povo; devem lutar constantemente, antepondo-se na reformulação das estruturas do Estado, quando se constituem anacrônicas, postulando até mesmo contra as leis, quando estas são desrevestidas do princípio da legitimidade ou dissolução dos fins sociais aquecidas na formação do bem comum. Não devem conspirar, mas reconhecer, com a lógica dos fatos, que a política do Estado, deve cuidar tanto do direito abstrato como da justiça social, tendo como base o princípio de que ao Estado compete a proteção de todos e a salvaguarda do interesse coletivo.

Eliezer Rosa, em lapidar lição, advertiu que "um pouco menor que os anjos foi feito o advogado". Sem a presença do advogado, as salas de audiências podem se converter no Reino do Despotismo. Sem advocacia esclarecida não pode haver magistratura de alto saber e corajosa judicatura porque uma classe se ampara na outra, na troca sagrada da inspiração de bem servir a Deus fazendo Justiça". Tornou-se imprescindível a apresentação desses matizes da vida profissional; é assim o trabalho do advogado: cercado de dificuldades congênitas de uma série de deformações sociais. Poucos reconhecem os méritos, muitos os criticam, às vezes muitos lhe aplaudem, mas, pouquíssimos serão capazes de avaliar o esforço desenvolvido desde a aceitação causa ao assomar da tribuna". Com o dizer de Rui; "Sem Deus e os advogados não pode haver justiça". Eis, meus caros colegas, o que vamos enfrentar: luta, luta, luta renhida.

Após falar na vida profissional, a qual enfrentaremos, passemos agora à homenagem póstuma – uma justa homenagem ao prof. Dr. João Bosco Pantoja Evangelista – desaparecido do nosso convívio tragicamente, em pleno vinco de sua mocidade – eminente mestre da disciplina Ciência Política. Na estrutura de nossas lembranças, há de receber esta homenagem póstuma, prodigalizada pelos seus próprios méritos.

Aos nossos mestres, como cultores do Direito, mestres de irrecusáveis méritos, o nosso reconhecimento. Evoquemos uma passagem de rara beleza de Orlando Gomes, lembrando Humberto de Campos. Segundo ele, havia um lavrador que semeava o trigo caminhando com um saco às costas e de boca para baixo. Na medida em que marchava, o trigo se ia derramando e assinalando como uma via láctea loira, o caminho percorrido. Depois, pássaros pousavam e comiam o trigo e desapareciam inteiramente os vestígios da passagem do camponês. Pois, o trigo que vós mestres queridos semeastes, formando uma nova via-láctea doirada, não o comerão as aves daninhas do negativismo. Vivem e viverão as vossas ideias, para sempre em nossas almas e com nossas admirações...

Aos nossos pais, esposos, esposas, irmãos, amigos. A nossa gratidão ressoa vibrante com amor, pela parcela contribuinte de espera, do carinho, do desvelo, que tiveram para conosco o decorrer da vida estudantil.

Os nossos agradecimentos a todos os funcionários da nossa faculdade de direito, pelo desempenho de seus misteres com laudável atenção aos seus deveres funcionais, em que os chamamos simplesmente de Dr. Arnaldo, Lia, Alcirema, senhores servidores:

Severino, João Pedro, Antenor, Façanha – as bibliotecárias dras. Mariete, Inês e Ignes Elias.

Muitas vezes, as homenagens são frutos apenas da amizade daqueles que nos cercam, o que não exclui a delicadeza e o sentimento do ato. Outras, estão em função de cargos ou ainda e já aí o desprimor, decorrem da soma de poderes que se detém, não fossem como o são, lamentavelmente os interesses materiais, uma quase constante na vida dos homens. Todavia, quando as homenagens são prestadas com pureza d'alma, como preito de reconhecimento e admiração, adquirem sentido de rara grandeza e Ressonância. Portanto, desejamos prestar com todo o devotamento de jovens que somos e com lealdade, nossas homenagens em primeiro lugar, ao nosso diretor Prof. Dr. David Alves de Mello, prestante de inestimáveis que tanto honra e dignifica a nossa faculdade. Ao doutor Arnaldo – credor da admiração de todos, e que nunca faltou a graça de espírito, sempre presente na faculdade, entre os amigos. Ao Dr. Jorge de Rezende Filho – nossas homenagens tributamos com o todo respeito, exímio e representativo apóstolo da profissão onde dedica-se com todo interesse, operosidade, eficiência que o inscreve entre os maiores de que o fórum amazonense pode orgulhar-se.

Ao nosso paraninfo – Prof. Dr. Carlos Bandeira de Araújo que se impõe pela extraordinária simpatia pessoal que o seu semblante tranquilo irradia e impressiona pela dignidade em distinção de seu porte, pela sua imensa bondade, pela grande capacidade profissional, pela sua inesgotável disposição para o trabalho.

Respeitosas homenagens tributamos ao insigne presidente do Tribunal de Justiça, Desembargador Dr. Azarias Menescal, figura de relevância entre os mais proeminentes membros do Poder Judiciário. Homenagem extensiva a todos os nobres juízes que compõem aquele Egrégio Tribunal e dele fazem por seus valiosos predicados morais e intelectuais a mais alta expressão da Justiça entre nós, famosa e reverenciada Corte, por sua já secular tradição de austeridade, bem como estendemos as homenagens à Ordem dos Advogados do Brasil – seção do Amazonas, na pessoa do presidente Dr. Félix Valois e de seus conselheiros. Nossos agradecimentos ao nosso ilustre patrono Dr. José de Moura Lopes – figura exponencial de nossa elite, por ter aquiescido ao nosso convite para comungar de nossa felicidade. Testemunhamos a todos a nossa satisfação pelo acolhimento dispensado ao convite para esta solenidade a que emprestam destacado brilho com suas distintas presenças.

Senhoras e senhores, ao indicar o filho na arte da eloquência forense, Cícero recomendava-lhe formar o discurso com naturalidade, sobriedade e clareza. Se pequei por não me afeiçoar à lição do notável tribuno, serei breve, no entanto, encerrando sem mais delongas a oração, com que palidamente procuro reiterar aos meus estimadíssimos colegas a expressão de meu vero agradecimento e gratidão pela confiança depositada em minha humilde pessoa para orar em nome da Turma Sesquicentenário dos Cursos Jurídicos de 1977. (NASCIMENTO, 1977, s/p).

Além de pontuar sobre o sacerdócio da profissão, mamãe se lembrou de cada um que, de alguma forma, esteve presente naquela trajetória. Para além dos mestres e autoridades, ela trouxe igualmente a gratidão, e como representante de seus colegas, todos os servidores da Faculdade — da cantina, da limpeza, enfim, uma importante lição de empatia.

Vendo passar mais de 40 anos dessa formatura, hoje, ainda percebo, indubitavelmente, a fidedignidade desse discurso, sua honradez, pois, mesmo aposentada do cargo de juíza, mantém, continuamente, viva a sua missão, seja por meio de sua atuação como advogada ou ainda por aconselhamentos aos que acha necessitar do auxílio jurídico.

Figura 5 – Maria de Nazareth Farias do Nascimento – Primeira mulher oradora do curso de Direito da Faculdade de Direito do Estado do Amazonas (1977)

Fonte: acervo pessoal

Da Ordem dos Cobras para a Ordem dos Advogados

Já em 1978, Maria de Nazareth Farias do Nascimento conquistou o primeiro lugar no Concurso da Ordem dos Advogados do Brasil, seção Amazonas.

Figura 6 – Concurso da OAB – 1978

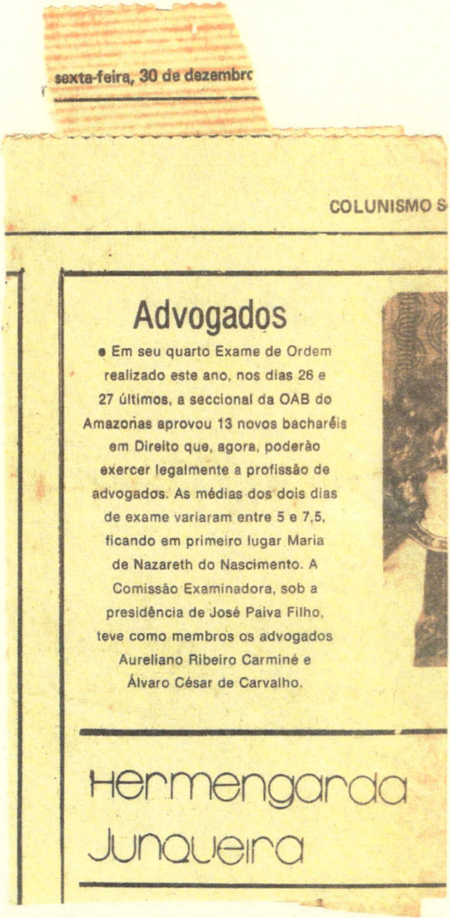

sexta-feira, 30 de dezembrc

COLUNISMO S

Advogados

• Em seu quarto Exame de Ordem realizado este ano, nos dias 26 e 27 últimos, a seccional da OAB do Amazonas aprovou 13 novos bacharéis em Direito que, agora, poderão exercer legalmente a profissão de advogados. As médias dos dois dias de exame variaram entre 5 e 7,5, ficando em primeiro lugar Maria de Nazareth do Nascimento. A Comissão Examinadora, sob a presidência de José Paiva Filho, teve como membros os advogados Aureliano Ribeiro Carminé e Álvaro César de Carvalho.

Hermengarda Junqueira

Fonte: Junqueira ([1978?]). Acervo pessoal

Capítulo 2
Andando sobre as águas

Mamãe não chegou a advogar por muito tempo após sua formatura. Aos 33 anos, tornou-se juíza de Direito do estado do Amazonas. Sua primeira atuação ocorreu em 1979 como 1.ª suplente de juiz de Direito da comarca de Barcelos, nomeada pelo então governador Dr. José Lindoso. Logo mais, em janeiro de 1981, foi nomeada como juíza de Direito da comarca de São Paulo de Olivença (hoje município), localizada no Alto Solimões, numa pequena região no Sudoeste do Amazonas constituída por Santo Antônio do Içá, Amaturá, Tonantins e ainda pela comarca de São Paulo de Olivença.

Figura 7 – Às margens de São Paulo de Olivença

Fonte: acervo pessoal

E A JUÍZA TINHA RAZÃO

Em São Paulo de Olivença, foi muito bem recepcionada por sua nova equipe de trabalho: o escrivão Sansão Reinaldo Castelo Branco, o escrevente juramentado Alcides de Oliveira, o oficial de justiça João Barreira Neto (*in memoriam*) e ainda, o promotor de justiça Gilberto Ramos (*in memoriam*).

Em especial, São Paulo de Olivença demarcou uma fase muito profícua em sua vida. Foram 10 anos de convivência com os paulivences, preenchidos com histórias cheias de graça e afeto. Mamãe interagia com todos, mesmo com os indígenas daquela proximidade, os ticunas, da tribo Ticuna, os quais visitavam a cidade, geralmente para vender seus artigos, bem como para adquirir variados produtos de suas necessidades, nas embarcações que lá aportavam.

Não raro, mamãe cedia a casa para que as mulheres pernoitassem, pois de outra forma, dormiriam na pracinha da cidade. Curiosamente, os ticunas se organizavam em dois grupos — homens e mulheres — os quais permaneciam separados.

Os laços entre mamãe e os nativos da região se estreitavam a cada dia. Em certa ocasião, foi madrinha de uma ticunas, a qual recebeu o seu nome — Maria de Nazareth. Depois de ter saído de São Paulo de Olivença, não foi mais possível manter contato com ninguém. À época, não havia nenhuma facilidade quanto à comunicação a distância. Dessa forma, mamãe não teve mais contato com essa sua afilhada.

Por ter familiaridade com a prática processual, enquanto advogada, mamãe conta que não sentiu nenhuma dificuldade na judicância. Em verdade, a população da cidade era até bem tranquila, sem tantos delitos criminais. Dessa forma, no início, os processos eram poucos, porém, com sua presença, a população passou a buscar mais pelo judiciário para resolver suas pendengas. Nessa oportunidade, muitos tornaram-se rábulas, dando conta das demandas acrescidas.

Mamãe se deslocava por toda a região, dando assistência e orientando a população. Para tanto, organizava frequentes reuniões. A convivência entre todos se fez muito saudável. Respirava-se uma atmosfera de muita empatia entre todos da cidade.

Mamãe ainda chegou a dar assistência, como juíza eleitoral, em Atalaia do Norte, Benjamin Constant, Tabatinga e Estirão do Equador. Em uma de suas memórias de Benjamin Constant, escreveu — *Estou estudando para resolver o mandado de segurança. O clima é de suspense; as alas partidárias são divididas. Benjamin Constant — uma cidade que ferve em seu interior. 05/08/1982.*

Foram alguns anos navegando entre Manaus e a região. De Manaus até São Paulo de Olivença era um percurso de oito dias. Na verdade, até havia um trajeto mais rápido; poderia pegar um avião de Manaus até Tabatinga e descer de barco, em um percurso de um dia, até São Paulo de Olivença. Mas ela não gostava de avião; preferia o barco, mesmo que sempre lotado e com uma alimentação bem precária. Mamãe viajava uma vez por mês para Manaus para resolver suas questões ordinárias mensais e ver a família. A seguir um mapa do Amazonas, no qual se pode visualizar o trecho Manaus – São Paulo de Olivença, a saber: Manaus – Anamã – Anori - Codajás – Coari – Tefé – Alvarães – Uairini – Fonte Boa – Jutaí – Tonantis – Santo Antônio do Içá - Amaturá – São Paulo de Olivença.

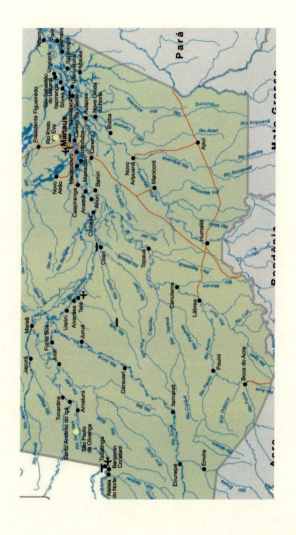

Figura 8 – Mapa do Amazonas – visualização das cidades Manaus & São Paulo de Olivença e trecho da viagem

Fonte: https://www.guiageo.com/amazonas

Com o passar do tempo, mamãe fez amizade com o dono do barco e sua tripulação. Era comum, durante a viagem, ela descer à cozinha para preparar uma caldeirada de peixe, prato de seu gosto.

Figura 9 – Nazareth no Barco Leite Neto

Fonte: acervo pessoal

Entre tantas histórias e pessoas, uma das mais contadas e recontadas era sobre a sua grande amizade com o padre Inácio. Longas conversas e apoio mútuo entre os dois. Infelizmente, apesar de jovem, o padre ficou muito doente, vindo a falecer à época. Mamãe lamentou bastante. Havia partido um grande amigo. Em 11 de novembro de 1987, ela escreveu: *O reverendo não é o mesmo de há uns três anos atrás, houve muita modificação, piorou mais ainda, a partir do acidente que sofreu. Não sei o que fazer, só espero um milagre em Deus.* Eu cheguei a conhecer padre Inácio quando lá fui em São Paulo de Olivença. Ele era apaixonante de tão bem humorado e agradável. Quando ele se foi, eu senti duas vezes seu desaparecimento. Senti por mim mesma, pois, de fato, me afeiçoei muito a ele e, lógico, por minha mãe, a qual ficou muito triste mesmo. Foi muito dolorida a sua partida.

A estadia em São Paulo de Olivença foi o tempo todo intensa, marcante. Embora tivesse melhorado sua estabilidade financeira, era bem desgastante fazer aquelas longas viagens de barco. Era basicamente uma aventura. Logicamente, ela era jovem e sempre cheia de energia, mas as viagens a cansavam e obviamente, quando chegava em Manaus, não havia descanso. Ela tratava de cuidar dos assuntos da nossa casa. Ela era o nosso suporte e foi sempre muito dedicada pra nós. Éramos minha avó — D. Noeme Farias (*in memoriam*), minha tia, Maria José Farias (irmã dela) e eu.

Não raro, mamãe denunciava embarcações com superlotação de pessoas e/ou sobrecarga, por exemplo, de carros. No caso, os barcos em que iria navegar. Havia muita preocupação com as condições da viagem.

Para São Paulo de Olivença, navega-se pelo rio Solimões. Vale destacar que o rio Solimões é um dos nomes do rio Amazonas, o qual nasce na cordilheira dos Andes, no Peru. Ao adentrar a fronteira brasileira, precisamente em Tabatinga, passa a ser chamado de Solimões. Ao seguir seu curso, encontra-se com o rio Negro, que fica próximo a Manaus. Neste momento, passa a ser chamado novamente de rio Amazonas. Vale uma menção honrosa ao nosso Encontro das Águas.

Nosso Amazonas tem duas estações: período chuvoso e não chuvoso, associados à cheia e à seca. Tanto um período quanto o outro interferem na navegação amazonense. Na seca, as vazantes propiciam o aparecimento de bancos de areia. E na cheia, reforçada ainda com o degelo dos Andes, os rios transbordam e os barcos podem até roçar nas copas das árvores submersas. Ambas as situações oferecem dificuldades na navegação e foi nesse contexto de dificuldade em que aconteceu o indesejado: o naufrágio do barco Leite Neto, onde mamãe estava. Essa foi uma das lembranças mais amargas. Em uma das viagens de ida para São Paulo de Olivença, nas proximidades de Fonte Boa, a embarcação Leite Neto colidiu com um tronco de madeira, indo ao fundo e matando três pessoas.

Corram que o barco está afundando!

Era a madrugada de 14 de setembro de 1982. Mamãe já estava dormindo em seu camarote, no primeiro andar, quando sentiu uma pancada e logo alguém saiu gritando no corredor — *corram que o barco está afundando!* Mamãe saiu assustada para o corredor, parando inerte, sem saber o que fazer; estava sob impacto. Viu duas crianças igualmente assustadas no corredor. Apressou-se até elas, jogando-as para alguém que já estava na água.

O barco continuou afundando até chegar exatamente ao nível no qual mamãe se encontrava; foi quando ela, então, se jogou na água. A lua cheia prateava o rio, deixando-o talvez mais misterioso. Mais tarde, no tempo, achei essa anotação dela: *A lua estava encantadoramente bela; mais brilhante que nunca. Lembrei-me muito do dia do naufrágio no Leite Neto.*

O barco afundou quase que totalmente, só ficando o toldo do lado de fora. O comandante da embarcação havia escolhido uma rota não recomendada, tendo se decidido a navegar por um atalho perigoso. O local tinha muitos troncos, galhos imersos, copas de árvores cobertas. Daí, o acidente.

A embarcação naufragou próximo a uma das margens do rio. No entanto, o trecho estava bastante enlameado, quase como uma areia movediça. Dessa maneira, era grande a dificuldade em sair do local. As pessoas andavam limitadas, afundando-se na lama, entrando em pânico, em desespero; ferindo-se em meio aos troncos e galhos das árvores submersas. Ironicamente, foram os galhos que salvaram as pessoas, pois elas se locomoviam se apoiando neles até chegarem em terra firme. Infelizmente, três pessoas não conseguiram sair da embarcação: uma senhora, D. Maria, moradora de São Paulo de Olivença, e seus dois filhos pequenos.

Chegando em terra firme, mamãe organizou um pedido de ajuda. Usando o bote salva-vidas, alguns rapazes seguiram até o município de Foz de Jutaí, de onde partiu um pequeno barco para o início do resgate. Foram primeiro as crianças, as mulheres e as freiras de São Paulo de Olivença. Mamãe aguardou a segunda leva, mantendo seu apoio ao resgate de todos até o final. O resgate teria durado até umas 6h da manhã.

Acredito eu que sua postura não se deveu ao seu cargo, mas ao seu incrível altruísmo. A missão dela se inteirava à sua natureza como pessoa: uma mulher de notável sensibilidade pelo outro.

Em nada comparável ao ambiente do naufrágio, segue uma foto dela em uma canoa. Imagem simbólica, a qual me enleva em muitas lembranças, da aventura de minha mãe, minha heroína, nas águas do Solimões.

Figura 10 – Nazareth, o menino e a canoa

Fonte: acervo pessoal

Após uns 7 anos, aproximadamente, mamãe foi promovida para a Comarca de Codajás, como juíza da Segunda Entrância. Em suas anotações, se podia ler um pequeno desabafo sobre sua vontade de mais uma mudança, apesar de ter se afeiçoado deveras às pessoas de São Paulo de Olivença:

> São Paulo de Olivença, domingo. Querido diário, hoje, minha vida toma um novo rumo, é o da decisão final. Tudo tem começo e fim... Há muito que eu vinha querendo rasgar horizontes e não conseguia por causa do meu teimoso coração (NASCIMENTO, [1988?], s/p).

Figura 11 – Nazareth no barco

Fonte: acervo pessoal

Logo depois, não mais que dois anos, seguiu para a capital, Manaus. Lá, assumiu a 4.ª Vara das Execuções Criminais e, posteriormente, a 3.ª Vara de Família da capital. Seguindo sua natureza de militante dos direitos humanos, para além de suas atribuições como juíza, mamãe se ocupou, por vezes, como conferencista e participante de debates relacionados, por exemplo, à democracia e criminologia. Em 1997, recebeu medalha de honra ao mérito, tendo sido conferencista em Congresso/Seminário Integrado no Dia Internacional da Mulher, organizado pela Associação Brasileira das Mulheres de Carreira Jurídica.

Capítulo 3
O sol da Justiça

Mamãe tinha muita preocupação com os presos, acreditava em sua recuperação, mas também era rígida em seu pensamento jurídico. Em um artigo seu, sem data, com o título "Progressão de Regime à Luz da Lei 8.072/90 – crimes hediondos" (NASCIMENTO, [1997?], s/p), mamãe defendeu que nos casos de crimes hediondos era importante que para todos — condenado, advogado e Juízo das Execuções — ficasse claro que o cumprimento das sentenças não seria passível de regimes progressivos. A pena por crime hediondo compreende unicamente um regime — o fechado.

Ela escreveu que em algumas ocasiões, em juízo, deparou-se com sentenças que expressavam que o condenado iria cumprir a pena "inicialmente no fechado", "dando ensejo a que o preso fizesse jus aos regimes progressivos". Prosseguiu ela, "Isso, naturalmente, acalentou no espírito do preso a esperança de mudar do regime fechado para semiaberto e em seguida ao albergue". Nestas situações, enquanto juíza, lhe procedeu negar os pedidos do advogado quanto ao benefício da progressão de regime. Finalizou ela que a natureza do crime impede o regime progressivo e que todos devem ter essa clareza.

Mamãe amava os presos, lutava por eles, buscava a melhoria em sua condição de preso, aproveitava a oportunidade da prisão para uma transformação na vida daquele ser humano, por meio de intervenções religiosas, sociais e jurídicas também. Sabe-se de seu pioneirismo e bravura quando em 1991 promoveu a soltura legal de 120 presos durante um plantão no Judiciário sob sua condução.

Em 1991, no período de 8 a 14 de novembro, mamãe foi designada para o plantão judiciário na Vara de Execuções Criminais. O dia começou com a rotina de sempre, não sendo incomum receber dos advogados pedidos de liberdade provisória de seus presos. Ao final do período em que ela foi plantonista, 126 presos haviam sido soltos no contexto de liberdade provisória. Por esta deliberação, totalmente pautada na lei, recorda ela:

> Fui levada ao Pelourinho, sendo criticada, chamada a atenção pela própria Corregedoria; sofri representação pelo Poder Executivo, à época, governo de Gilberto Mestrinho; fui chamada a prestar esclarecimentos aos Conselhos – Conselho da Comunidade, Ministério Público (NASCIMENTO, 1991, s/p).

Foi grande a repercussão das solturas. Já são passados 30 anos (em 2021) e minha mãe ainda traz lembranças daquele episódio.

À época e, de acordo com jornal de ampla circulação, foi divulgada uma nota pela Associação Amazonense do Ministério Público com o título "Violência Incontida". A nota responsabilizava "a juíza de Direito Maria de Nazareth Farias do Nascimento, responsável pelo plantão judiciário no período de 8 a 14 de novembro passado [...] pela onda de crimes que assola Manaus".

Mamãe recebeu muitas críticas de seus pares, além de advertências da Corregedoria, bem como do Poder Executivo, Tribunal Pleno, Conselho Penitenciário e ainda, do Ministério Público. Esse desapreço a martirizou bastante e creio que, ainda hoje, sinta mágoa.

Em contraposição à matéria do Ministério Público, uma outra, intitulada "Advogados defendem juíza", foi noticiada em jornal local. Nessa, "um grupo de advogados criminalistas que milita nas Varas Criminais e no Tribunal do Júri" (ADVOGADOS, [1991?], s/p) veio a público manifestar solidariedade com a juíza. Lê-se:

> Verificamos no dia a dia, seu trabalho e dedicação com que examina os pedidos que lhe são apresentados, notadamente nos dias de seu plantão, onde se verificou que muito embora o Judiciário em greve (que reconhecemos justa), cumpriu seu dever, recebendo entre "flagrantes" lavrados pela polícia, e os revogando quando constavam falhas, nos termos ditados pela Carta Magna.
>
> Conhecemos e proclamamos a lisura, a honestidade e a seriedade do trabalho da juíza, notadamente que, na maioria dos casos, contou com o parecer favorável

do Ministério Público. Destacamos ainda o trabalho da juíza Maria de Nazareth, que não se esconde, para receber em sua residência, até mesmo de noite, agindo com independência, comparecendo todos os dias, no Fórum de Aparecida, conforme decisão do Tribunal de Justiça do Trabalho, o que leva a repudiarmos toda e qualquer acusação a seu respeito.

Assinam as advogadas e advogados Dalva Medina, Klinger da Silva Oliveira, Rui Silva, Rui Silveira Aguiar, Carlos Alberto Rodrigues, Átila de Medeiros Afonso, Cícero Vieira de Carvalho, Maria do Céu Aguiar, Shirley Monteiro, Sílvia Abensur, Helen Veras, Milton Macena, Francisco Marques, Jair Rodrigues, César Lopes, Carlos de Oliveira Carvalho e Euflávio Dionísio Lima (ADVOGADOS, [1991?], s/p).

O episódio da soltura gerou grande alvoroço no meio jurídico. Foi polêmico. As instituições entendiam como um erro jurídico e até moral. No entanto, os pares da Dr.ª Nazareth, aqueles que a viam trabalhar, saíram em sua defesa, protestando em jornais e televisões. Espontaneamente vários colegas se manifestaram a seu favor. Inclusive os colegas atuantes da Vara de Execuções Criminais escreveram documentos individuais, nos quais expressavam apreciações da conduta da juíza:

Exerceu suas funções judicantes na referida Vara e sempre se portou de maneira digna e honrosa, atuando em suas decisões consoante os preceitos legais, com lisura, eficiência, transparência e zelo profissional. Manaus, 11/02/1992. Promotores de Justiça – Dr.ª Ana Maria Duarte Esteves e Dr. Francisco Assis Nogueira. (ESTEVES; NOGUEIRA, 1992, s/p.).

A juíza de Direito Doutora Maria de Nazareth Farias do Nascimento sempre se conduziu de modo exemplar e brilhante desempenho profissional, preocupando-se, inclusive com a ressocialização do homem do presídio, tendo a magnânima juíza estendido seu trabalho numa missão religiosa, ensinando e pregando o amor ao próximo, a solidariedade, a bondade e a responsabilidade àquele interno tão carente e ignorante, reabilitando-o ao convívio social, num nobre gesto e exemplo de desprendimento, humildade, benevolência e justiça, qualidades que tantos desconhecem. Manaus, 18 de março de 1992. Dr.ª Eulinete Tribuzzy, defensora pública. (TRIBUZZY, 1992, s/p).

Apesar do importante apoio dos pares, era desconfortável e implicava em tomada de providências ler notícias como as que o Tribunal Pleno dos Desembargadores pretendia anular a sua decisão de soltura dos 126 presos. Policiais e delegados comentavam livremente que aquela decisão havia posto "assaltantes e arrombadores", além de traficantes perigosos, na rua, em grande ameaça à população. A repercussão se expandia em todos os meios sociais manauaras.

Mamãe foi a primeira juíza a visitar o Presídio Desembargador Raimundo Vidal Pessoa com o intuito de empreender a reeducação dos presos. Até hoje coleciona notícias que informem sobre solturas de presos, não se esquecendo jamais do episódio, no qual foi protagonista de tanta agitação social. Vale dizer que ela acumulou um sentimento de que realmente fez a coisa certa quando, em 1991, efetivou a soltura de 126 detentos do presídio Desembargador Raimundo Vidal Pessoa, amparada que estava pela realidade de um judiciário sobrecarregado e ineficiente quanto à estrutura processual própria, como o cumprimento dos prazos legais junto aos presos, bem como as etapas da progressão de regime.

Em 7 de fevereiro de 1993, o jornal *A Crítica* publicou matéria que tratava da superlotação no presídio — Desembargador Raimundo Vidal Pessoa, na Avenida 7 de setembro, centro da cidade. A matéria com o título "Superlotação multiplica problemas no presídio" consistiu em uma denúncia do advogado Dr. Eliezer Leão Gonzales, o qual teria apresentado, ao Jornal, "cartas e gravações dos detentos, denunciando planos de fuga". Havia ameaças de motins e fugas em massa, escreveu o jornalista Fernando Ruiz. A matéria menciona que, para os presos, a maior revolta tratava-se justamente da superlotação e da indistinção de presos nas celas. Homicidas ficavam junto a traficantes ou estupradores.

O diretor do presídio afirmou na matéria que ele teve sua construção no início do século XX, na época áurea da borracha, da mesma forma como foi com o Teatro Amazonas, o Palácio da Justiça, a Ponte de Ferro. Escreveu ele que o presídio foi feito para abrigar 124 detentos, contando, em 1993, já com 501 presidiários. O diretor ainda comentou que "as ocupações existentes no presídio, como padaria e trabalho de artesanato, não livram a maioria dos presidiários da ociosidade. Alguns apresentam, até sintomas de loucura devido o contato e convivência com outros presos, dos mais diversos tipos de comportamento".

A matéria ainda informa sobre o tráfico e consumo de droga, facilitado por uma vigilância precária. Inclusive, alguns detentos liberados para trabalharem fora do presídio tornam-se traficantes. Uma das denúncias mais significativas foi a existência de muitas pessoas que foram presas em arrastões da polícia, tendo sido confundidas com bandidos. Tais pessoas não possuem recursos para contratar advogados, permanecendo no presídio. E no próprio presídio são reconhecidas como pessoas perigosas. O Dr. Eliezer pontuou a necessidade de agilização dos processos.

A situação se mostrava bastante lastimável, denotando uma gestão precária do poder judiciário como um todo.

Em 1994, o Tribunal de Justiça do Amazonas, o Ministério Público e juízes resolveram, em reunião, liberar provisoriamente 159 presos, estudando cada caso, com relação ao benefício da progressão. O corregedor à época justificou que a demora em se dar continuidade aos processos relacionava-se à falta de pessoal (notícia veiculada pelo jornal *A Crítica*, em 8 de junho de 1994).

Mamãe combatia a inércia da Justiça dedicando-se às regularizações necessárias, além do estímulo e conforto aos detentos por meio de suas ações sociais dentro do presídio. Seu trabalho era notado.

Lê-se em uma pequena nota: "Juíza prega justiça e a fé". Pequenos destaques que colaboravam com seu impulso em ser generosa com o outro em posição tão marginal à sociedade.

> A juíza da Vara de Execuções Criminais, Dr.ª Maria Nazareth Nascimento, condenando as condições precárias da Penitenciária "Raimundo Vidal Pessoa", é de opinião que "no presídio ninguém se recupera. É ilusão se pensar que após cumprir a pena, o recluso terá condições de se reintegrar à sociedade. É preciso uma reformulação urgente no atual sistema penitenciário", argumenta a juíza. E se a prisão for arbitrária, sem a observância dos ditames constitucionais, ela não titubeia em relaxar o flagrante ou revogar a preventiva. (JUÍZA, [1991?], s/p).

A imprensa corria de um lado ao outro a fim de elucidar o contexto das solturas. Entre as falas de apoio, cita-se:

> Circulam em jornais da cidade acusações contra a nossa Justiça, referente a magistrados, mas isto tem uma explicação bem viável, senão vejamos: foram liberados presos do presídio central, pelo fato de serem presos provisórios, com excesso de prazo estourado pela Lei Adjetiva Penal. O juiz é a autoridade competente e autônoma para fazer justiça. Até porque são muitos erros judiciários e principalmente, policiais que ocorreram e ainda ocorrem por esse Brasil afora; muitos provenientes de inquéritos parciais e confissões obtidas com violência (MONTEIRO, [1994?], s/p).

Em outra matéria, a juíza Dr.ª Marina Araújo, da Associação dos Magistrados do Amazonas, informou que mamãe não tivera sido afastada; que havia sido "ouvida no Tribunal Pleno, constituído pelos desembargadores e, também no Conselho Penitenciário, no qual pode justificar a soltura de 128 detentos da Penitenciária Desembargador Raimundo Vidal Pessoa". Entre os argumentos, mamãe pôde confirmar a existência de detentos em cárcere por 600 dias, sem acompanhamento da Justiça, ferindo assim o Código Penal.

A Dr.ª Marina afirmou que mamãe havia se saído muito bem em sua defesa e que, em sua opinião, agiu corretamente, pois cumpriu a lei.

Dotada de espírito altruísta, mesmo atribulada de processos no Fórum, mamãe seguia visitando o presídio, atenta ao tratamento dispensado aos internos. Ela entendia que muitos presos poderiam permanecer no presídio além do necessário por não terem advogado para defendê-los. Dessa forma, ela ficava atenta às irregularidades nos processos. Caso fosse observada alguma, ela interferia no caso, revogando a preventiva ou relaxando o flagrante. Esse cuidado era de conhecimento dos presos, que a tinham como uma protetora. Ela recebia regularmente uma enormidade de cartas e bilhetes com denúncias de maus tratos pelos agentes penitenciários; investigava o que podia, mas sempre ficava muito aborrecida. Em seu interior, nutria o desejo de mandar interditar a penitenciária, mas não o fazia, pois *"para onde iriam os presos?"*, dizia ela.

É importante trazer à lembrança todas as manifestações de apoio a suas determinações como uma figura da lei. De modo polarizado, havia uma classe que condenava suas ações, mas também uma outra, que via sentido e apoiava aquelas ações com os presos. As matérias de jornal seguiam tensas e ilustravam a polarização decorrida no judiciário amazonense. Os jornais apontavam que a polícia se mantinha contrária à soltura, em contraponto aos advogados, os quais defendiam as solturas por tratar-se de ação dentro da lei.

Uma das advogadas solidárias foi a Dr.ª Maria do Céu Aguiar e Lima, a qual procurou o jornal de circulação popular a fim de apoiar mamãe. Escreveu ela: "Penso que esta juíza, que vive humildemente, merece nosso respeito e nossa solidariedade". A advogada relatou para o jornal que estava acompanhando todas as matérias da imprensa, bem como os vários processos referentes à soltura e, dessa forma, afirmou: "realmente todas têm amparo legal pela sua extrapolação de prazos e outras razões". Todos os advogados se referiam à soltura como dentro da lei, argumentando em uníssono sobre a ilegalidade de se manter detentos sem interrogá-los.

Em outra matéria do jornal *A Crítica*, de 7 de dezembro de 1991, o advogado criminalista, Dr.ª Armando Freitas, complementou que a soltura dos presos se deveu ao oportunismo de advogados, os quais, assistindo a greve dos juízes, fato que retardava ou interrompia os andamentos processuais, "impetraram recursos de relaxamento de prisões, alegando suas ilegalidades".

> A juíza nada fez do que cumprir a lei, ou seja, concedendo liberdade a todos que estavam presos ilegalmente. **"Ora, se a juíza não concedesse a soltura a toda aquela gente estaria descumprindo a lei, pois esta é bem clara ao garantir que ninguém pode ser mantido na prisão por determinado tempo sem que sua situação seja definida pela Justiça"**. A soltura dos detentos não quer dizer que estejam livres de condenação. Nesse rol estão pessoas implicadas em crimes de vadiagem, pequenos furtos e crimes menos agravantes e que estavam por muito tempo na penitenciária. Para estes, a decisão da juíza em conceder-lhes liberdade veio em boa hora (FREITAS, 1991, s/p).

Concluo

Maria de Nazareth sempre foi uma grande apaixonada pelo ser humano, como um ser de vida, capaz de conviver e crescer junto aos semelhantes. Essa crença a fez viver sua profissão como uma causa social. Não somente ocupar um cargo e realizar o serviço que o compõe, mas ir além, pular barreiras e circunstâncias próprias do mundo jurídico, criando condições, novos paradigmas, nos quais o preso, enquanto ser social, precisa ser livre — antes de mais nada, de sua influência criminosa — o que pode acontecer dentro da cadeia, sob a forma de incentivos e interações junto aos agentes de prisão, desde o juiz ao agente penitenciário. Todos se envolvendo na recuperação daquele que um dia falhou em sua humanidade, em sua civilidade, mas que, no entanto, pode se tornar apto a viver em sociedade de uma forma mais social, sensível, empática.

Em uma das entrevistas com mamãe, exatos 16 de junho de 2012, em Brasília, onde resido — ouvi tocante lamento. Disse ela: *Trabalho solitário, sem apoio das autoridades. Só a vontade de ver uma sociedade justa e equilibrada.* Correram-lhe as lágrimas. E as minhas.

O significado de suas anotações, de seus balbucios reproduzem uma alma elevada, profundamente humana, conectada com o outro, prova maior de alteridade espontânea, que surpreende pela resistência, pela insistência em estender a mão, pela disposição em lutar pelo certo, pelo que é bom, e generoso.

Seus olhos ainda brilham, se avermelham pelas memórias, distantes, mas não tanto.

Capítulo 4
Luz da Lei

Em 1993, a situação carcerária sinalizava uma conjuntura de grande sobrecarga para o Brasil. À época, foi organizado um grande mutirão de estagiários de Direito visando à redução de 15% da população carcerária do país. O jornal *A Crítica* noticiou, em 20 de fevereiro de 1993, sobre a seleção de estagiários, os quais, por 4 meses, teriam a tarefa de analisar a situação de 126.151 processos. A iniciativa foi motivada por várias denúncias ao Ministério Público, as quais apontavam que muitos presos já teriam cumprido sua pena, no entanto, ainda permanecendo encarcerados, devendo-se a isso à inexistência de recursos para as despesas de um advogado.

Com o título "Justiça é Indústria da Impunidade", o jornal *A Crítica* trouxe à luz uma entrevista com o procurador de Justiça, Dr. Lupercino de Sá Nogueira Filho, o qual criticou a existência de 1.117 processos sem movimentação nas Varas Criminais do Tribunal de Justiça do Amazonas. O quantitativo de 334 processos se encontrava prescrito nas Varas Criminais, bem como no Tribunal do Júri Popular.

Dr. Lupercino entendia como invertida a perspectiva jurídica de punir as vítimas, pois promovia a liberdade, engavetando os processos e, dessa forma, promovendo a impunidade. Acreditava o procurador, entretanto, que com o suporte tecnológico do computador, os processos eminentes de prescrição poderiam ser agilizados. Não seria o caso de culpar excessivamente a polícia, mas de compreender que a morosidade dos processos se devia ao lento sistema judiciário.

Nesta época, mamãe se envolvia cada vez mais com os presos, entretanto, indo além de sua interferência natural como juíza. Na verdade, seu envolvimento se ampliava no sentido social, cristão, em sua perspectiva. Além de agir com prontidão nos processos, seu sentimento de justiça a conduzia no sentido de recuperar cada preso e, assim, interferir no seu destino, o qual deveria se pautar sobre as melhores virtudes humanas.

Mamãe sentia admiração pelo potencial de cada preso. Ela os elogiava muito e me contava com empolgação que alguns eram artistas; que havia poliglotas, e todos tinham muita energia para o trabalho. Ela começou a produzir oportunidades para que fossem aproveitados seus talentos. Reunia-os e promovia apresentações musicais, nas quais cantava e tocava violão. Alternava entre cânticos e salmos bíblicos. Ela acreditava que aquele gesto, aquela palavra de conforto e revelação espiritual contribuiriam para regenerar o que havia partido naquelas almas.

Aquela prática também facilitaria a vida dentro do presídio, o qual teria menos violência, deixando o ambiente — inóspito por natureza — mais saudável; principalmente para aqueles com pena a cumprir. Com a alma tranquilizada, eles voltariam para suas famílias com otimismo e esperança; com força de vontade e muita energia para reconstruir suas vidas em uma atividade lícita, um trabalho digno.

Mamãe obteve muito sucesso em seu empreendimento. Foram muitos os que ela reencontrou na rua, vendendo marmitas ou algo assim. Ela ainda guarda com muito zelo e afeto alguns artesanatos, confeccionados na prisão, os quais foram oferecidos a ela, com carinho, pelos presos. Era emocionante aquele amor recíproco. Sempre me vêm as lágrimas, ao lembrar desse lindo trabalho. Quanto orgulho me traz!

A seguir, uma casinha confeccionada por um dos presidiários, feita de caixas e palitos de fósforos. Foi presenteada a minha mãe.

Figura 12 – Casinha de fósforos

Fonte: acervo pessoal

Eu cheguei a visitar o presídio para uma apresentação de flauta e violão. Fomos eu, tocando flauta e um amigo violonista, John Harwood. Organizaram um pátio para a apresentação. Durante o percurso até o pátio, cruzamos um corredor, passando pelas celas. Foi inicialmente assustador pra mim. Eu me vi em um território proibido e perigoso. As grades tinham vários punhos de rede. Não consegui olhar para o interior das celas, embora quisesse, na verdade. Talvez estivesse um tanto assustada; um misto de medo e atração por aquele momento.

Chegamos, então, no pátio, o qual ficou lotado. Os presos estavam soltos. Não me lembro dos guardas. Apenas me chamava a atenção os presos à nossa frente, na plateia. Fiquei em dúvida se era certo estar tão próxima deles, um pensamento que decorria, possivelmente, do mito de presos serem pessoas perigosas. Uma análise atual, lógico. Começamos a tocar e, aos poucos, fui me soltando por dentro e gostando de estar ali.

No final da apresentação, alguns vieram falar com a gente. Nossa! Eram pessoas como nós e aparentavam inofensivos. Quais erros teriam cometido! Um deles falou comigo sobre a minha mãe, lhe fez elogios. Eram muito educados e se mostraram muito agradecidos por aquela noite musical. Era possível sentir o acolhimento e perceber olhares de ternura. Era a minha percepção, a minha certeza, e que me faz guardar esse momento como um dos mais lindos vividos. Eu tinha pouca idade e não alcançava o grande significado daquilo tudo. Algumas experiências, como essa, aprofundam-se com o tempo. Guardo pouca nitidez de cada momento, mas conservo algo denso, fortemente relacionado à nossa humanidade, à complexidade de nossas escolhas e necessidades. Essa lembrança nutre ainda hoje minha compaixão pelas pessoas que tiveram que ser detidas por seus erros junto à sociedade.

"Bíblia e Viola", dizia o título de uma matéria em algum jornal local. Era sobre minha mãe. Escreveu ela sobre a nota: *"As primeiras notícias acerca de minha vida de magistrada interessada no problema social e vigilante para com o povo sofrido desta terra manauara. Amo meu povo!"*.

> Todos os sábados e domingos, a partir das 8h, a juíza de Direito Maria de Nazareth Nascimento, da Vara das Execuções Criminais, de bíblia nas mãos e viola no braço, realiza cultos evangélicos na Penitenciária Central. Entoando cânticos, por ela mesma acompanhados no violão, e lendo salmos, Nazareth Nascimento tem dado verdadeira lição de humildade e fé. Ela acredita que, mediante os ensinamentos bíblicos, auxilia os presos a se recuperarem e contribui para diminuir a violência dentro do presídio. (BÍBLIA E VIOLA, [entre 1991 e 1996?], s/p).

A carta

Durante uma visita do jornal amazonense *A Crítica* à Penitenciária do estado do Amazonas, no dia 12 de agosto de 1993, foi entregue uma carta, por um dos detentos, ao repórter fotográfico Luiz Vasconcellos, relatando várias acusações dirigidas ao diretor do presídio, Coronel da Polícia Militar, Sr. Cauper Monteiro, bem como à coordenadora do Sistema Penitenciário, Sr.ª Ilmair Faria Siqueira. A carta mencionava os maus tratos, tais como espancamentos e quebra de pertences. O nome do denunciante foi ocultado da matéria, por questão de segurança, como sinaliza o repórter responsável. Segue em sua íntegra:

> Manaus, 09-08-93. Ao Diretor de Edição do Sistema Calderaro de Comunicação – A CRÍTICA.
>
> Ilustre Senhor,
>
> Através do presente, tento ultrapassar as muralhas desta casa penal para romper a barreira do silêncio e esclarecer a toda a comunidade manauara pelo Sistema A CRÍTICA de rádio e televisão, haja vista da imparcialidade, seriedade e respeitabilidade com que desempenha o seu dever de imprensa nesta Capital.
>
> Tenho como objetivo principal, tornar claro certas verdades, que a direção desta casa penal tenta encobrir com a dissimulação de que aqui está tudo bem e sobre controle. Mas, a realidade aqui dentro é totalmente o contrário. Vivemos ultimamente num clima de medo, dor e revolta. A qualquer instante pode se deflagrar uma grande rebelião neste estabelecimento. E se isso ocorrer, deve ser entendido como a verdadeira demonstração do aprendizado da lição, que as autoridades administrativas desta casa nos têm ensinado.
>
> Desde o dia 18/02/93 estamos insatisfeitos com a direção desta casa, quando houve um brutal e covarde espancamento comandado pelo atual diretor (...), às vistas da Coordenadora do Sistema Penitenciário Dr.ª (...). A tropa de choque da PM juntamente com

a GATE entrou nos raios "A" e "C", após abrirem cela por cela, foram espancando e quebrando os pertences dos internos, como rádios, televisores e etc. Este espancamento houve de fato e foi constatado. Por que não puniram os infratores? O artigo 136 do Código Penal prevê até condenação penal ao que infringir tal artigo. Nem sequer afastaram da direção os infratores, evitando reincidências e prevenindo outros abusos e arbitrariedades.

Todos nós, os condenados estamos de fato, em greve de fome desde o dia 2 agosto de 1993, quando a direção nos aplicou uma sanção disciplinar coletiva, se na LP – Lei de Execução Penal – parágrafo 2º. do artigo 45 diz: São vedadas as sanções coletivas. A ordem foi para trancafiar todo mundo. E isso é ilegal. O art. 53 no inciso IV diz: constitui sanção disciplinar: isolamento na própria cela.

O espaço que temos já é diminuto, imaginem trancados 24 horas, sem ventilação devida, aos montes, quando deveria conter somente uma pessoa por cela. Só tínhamos um pequeno corredor para transitar, e a direção por vingança as nossas denúncias junto à OAB/AM, que resultou na visita da Comissão de Defesa dos Direitos da Pessoa Humana liderada pelo Excelentíssimo Presidente da OAB/AM Dr. Alberto Simonetti Cabral Filho em companhia da vice-Presidente da OAB/AM Dr.ª Cynthia de Araújo Lima Lopes e pela Conselheira Federal Dr.ª Francy Litaiff Abrahim, que são testemunhas do descaso das péssimas condições em que se encontra este estabelecimento.

A revolta aqui dentro é geral, e a direção tenta nos intimidar com ameaças. Qualquer coisa eles dizem que vão chamar a tropa de choque da PM para nos espancar. Eles deveriam saber que o respeito se adquire com o respeito e não com força nem com violência.

Reivindicamos a saída do atual diretor vida atual coordenadora haja visto que os mesmos têm propósito deliberado de inutilizar e invalidar os grandes projetos de reintegração e ressocialização do

E A JUÍZA TINHA RAZÃO

homem preso, mutilando ainda direitos garantidos em lei, aplicando-nos não somente o confinamento e a revolta. Isso é o que se observa, tendo em vista total decadência, a inqualificável inércia e movimento retrógrado a que está exposto nosso regime. E das mutilações que solapam nossos direitos fundamentais, que eram periódicos, passaram a ser constantes, quaisquer que tenham sido nossos protestos e dos outros; e continuam a ser praticadas de forma direta e indireta, no bojo de instruções e normas e portarias. E continuarão a ser feitas, pelo que se observa, sabe lá até quando, e de que forma, e até que ponto.

Esta situação temos causado indignação geral, e não sabemos preceder as consequências dos nossos atos, quando o saco da paciência estourar. Eu, quando adentrei esta casa, há quase 10 anos, tínhamos, aqui trabalhos conveniados com empresas privadas e estatais, como a PARVANI, que utilizava nossa mão de obra para montar árvores de Natal, também uma gráfica da Imprensa Oficial, que servia de terapia laboral condicionando os internos ao seu sustento pelo seu próprio trabalho, diminuindo estatisticamente o índice de reincidência. Entretanto, tudo isso foi acabado, assim como também as festividades cívicas e sociais, que aliás, nunca dependeram das finanças deste estabelecimento, tendo em vista que as entidades beneficentes, filantrópicas e religiosas sempre tomaram as iniciativas com doações e donativos, assumindo até as programações festivas. As festividades sociais sempre auxiliaram para amenizar e extravasar as tensões que nos advém do encarceramento. Não sei por que é difícil cumprir a lei quando ela tange em benefícios para nós.

É notório que nem mesmo os funcionários estão satisfeitos com a atual direção. Onde tem setores como o Serviço Social que tem funcionários de nível superior comandados por pessoas sem qualificação e habilitação universitária. Entre outras coisas desta natureza.

Eu mesmo sou vítima dos descontroles desta direção. O diretor suspendeu a assistência à saúde, assumindo toda e qualquer responsabilidade pelo que viesse a suceder. Vejam a que tipo de pessoa estamos entregues. Coisas desta natureza estamos sujeitos. Pena que não passam de histórias sem ressonância, porque seus autores sabem perfeitamente como abafar, e as muralhas que nos cercam escondem a verdadeira história.

Quem tem dinheiro, pode ter muitas regalias e privilégios. Não estão sujeitos a mesma norma. É justo! Ninguém tem a mão furada mesmo. Há corrupção. Estou arriscando minha própria vida. Não sei o que poderá acontecer comigo, pois já me tiraram o direito a visita dos familiares e uma série de outros benefícios. Morrer pela verdade, eu já considero uma causa justa. Deve se exigir que se diga e que se mostre a verdade, doa a quem doer.

Ilustre Senhor Diretor de Edição do Sistema A CRÍTICA, se V. Sa. conseguisse adentrar este estabelecimento, V. Sa. comprovaria a veracidade deste meu relato verídico, em que uso com propriedade a legítima verdade. Tenho o prazer de me subscrever, assumindo toda e qualquer responsabilidade por esta denúncia. É meu objetivo maior, trazer à tona o lado falso e mentiroso que envolve essa direção. No jogo da verdade, perde quem mente.

Penitenciária Des. Rdo. Vidal Pessoa. Obs.: Tememos que o Amazonas seja palco de tragédia como a que ocorreu em Carandirú. Não objetivamos uma vida prazerosa, mas ao menos, condigna e humana. (A CARTA, 1993, s/p).

Depoimento incrível, histórico, marcante. Uma carta que traduziu uma realidade dura, dramática e que se faz chocante ainda hoje, mesmo após quase 30 anos. Impossível não perceber sua conexão com a realidade contemporânea. Uma carta que, a meu ver, ultrapassou o tempo, mantendo íntegra a mensagem que portava. Surpreende a denúncia, o modus operandi do detento e a incrível escrita, em sua rica descrição e discurso rebuscado.

E A JUÍZA TINHA RAZÃO

O lamento desse preso é seguramente o de tantos outros, podendo-se considerar todas as eras do sistema carcerário. Mais do que excluir da sociedade livre, o sistema trafega em uma vingança social traduzida pelos maus tratos intencionais ou não, pela dificuldade em conseguir ajustar os valores e as ações necessárias para a reinserção de um preso reestabelecido. Ninguém diz que é fácil e sabe-se da existência de ações e propostas distintas em cada núcleo carcerário no Brasil.

Nas vezes em que, adolescente, vociferei contra a justiça brasileira, sempre mole com os infratores penais, mamãe sempre disse que um único dia na prisão é muito ruim, que não se deve desejar isso a ninguém. Mamãe sempre teve o dom de fazer calar os impropérios que eventualmente eu falava. Quando eu praticava algumas malcriações com ela ou com minha avó, enquanto adolescente, lógico, ela me desmontava, sem jamais perder sua serenidade: *Como uma pessoa que toca piano, que sabe música, pode praticar qualquer grosseria? A música não deixa as pessoas mais sensíveis e educadas?* Sim, mamãe. Obrigada. Hoje, tenho certeza de que nós músicos e músicas, temos a obrigação de portar sentimentos elevados de sensibilidade e alteridade.

Como defensora nata dos oprimidos, ela sempre acreditou na possibilidade de reestabelecimento e por isso lutou tanto junto aos presos, falhando centenas de vezes, mas acertando uma dezena. Mamãe tentou ser a gota no oceano e o pouco que conseguiu, proporcionou histórias com final feliz.

Em matéria datada de 8 de junho de 1994, o jornal *A Crítica* estampa a manchete "Liberdade provisória para 155 detentos é solução encontrada", na qual se lê sobre a solicitação de liberdade provisória de 155 presos, incluindo a internação de quatro doentes mentais pela equipe jurídica, composta pelo corregedor geral de justiça, Dr. Neusimar Pinheiro, e membros do Ministério Público e juízes. O presidente da OAB/AM, à época, Dr. Alberto Simonetti, conferiu que alguns presos estavam adoecidos, e outros, sob o benefício da progressão, no entanto, sem usufruto. Mamãe sublinhou a manchete da matéria e escreveu ao lado: *"Fui muito criticada; mas como não se foge da realidade, está aí um resultado de tudo o que fiz como juíza. Em 08/06/94, houve reunião, cujo problema a ser debatido foi o mesmo o que eu senti, ou seja...".* Mamãe jamais esqueceu seu episódio com a soltura dos presos, pois continuamente se sentiu injustiçada, já que ela prezava fixamente pelo correto, pelo justo, pelo humano.

Na mesma matéria, outras problemáticas no sistema são apontadas pelo Dr. Simonetti, tais como processos sem descrição clara da pena ou crime associado, sinalizados apenas com uma interrogação. O emérito presidente da OAB-AM exemplifica um certo processo, o qual indicava o nome do preso e no espaço destinado à informação da base legal, constava uma interrogação, indicando não haver conhecimento legal que pudesse sustentar a prisão da pessoa. Outra denúncia na matéria seria a falta de alimentação nos presídios municipais, o que estaria causando transferências de presos para a capital. Enfim, o sistema padecia de estruturas básicas para funcionamento e não somente materiais, mas de recomposição de seus preceitos finais, quais sejam, a restauração das vidas que se desordenaram em suas trajetórias.

Capítulo 5
Histórias de Nazareth

Mamãe não se cansa de contar histórias vividas junto aos presos. Conta com detalhes e emoção, mergulhada em um êxtase profundo, em um tonel de lembranças[3]. A seguir, reproduzo alguns textos que ela escreveu de próprio punho.

---

[3] Os nomes nas histórias foram alterados visando a preservar a identidade das pessoas envolvidas.

Por Maria de Nazareth

Está na hora do casamento!

Ocorreu por ocasião de um indulto natalino. Era o ano de 1997. Um dos presos havia ficado bastante frustrado por não ter lido seu nome na lista de beneficiários do indulto. Não o foi tendo em vista sua condenação por porte de drogas, um crime considerado hediondo. Mas sabendo dos planos de Jerônimo de casar-se com sua fiel companheira, mãe dos seus quatro filhos, colaborei com uma cerimônia surpresa na própria penitenciária.

Chegado o momento, o delegado da Penitenciária Desembargador Raimundo Vidal Pessoa – Dr. Antônio Chipre – manda chamar Jerônimo, que ao chegar, ouve perplexo e empolgado: *Está na hora do casamento. Fica alegre, rapaz. Olha aí a tua noiva, contente e feliz!*

À frente de Jerônimo, sua noiva, que lhe diz: *Vamos casar logo. Quando saíres daqui, com certeza seremos felizes!*

Todos se encaminharam para a capela do próprio presídio. Jerônimo, com a Bíblia na mão, seguia confiante e satisfeito. Eu já os aguardava na capela. Muita emoção de todos. Após ouvir o ambicionado "sim", se ouvia muitas palmas, consagrando aquele momento tão importante.

A história foi relatada em matéria do jornal *Amazonas em tempo*, em dezembro de 1997. A matéria bem destacou que a cerimônia foi finalizada com um "prolongado beijo dos noivos".

Arquimedes

Delinquente de alta periculosidade, condenado a mais de 50 anos, aproximadamente, por assaltos à mão armada. Oriundo de Porto Velho, em Rondônia. O perigoso delinquente só vivia encarcerado na cela de isolamento, pois perturbava toda a carceragem, no Presídio Desembargador Vidal Pessoa, na Av. Sete de Setembro.

À época, Arquimedes se envolveu com uma mulher chamada Adelaide, presa provisória, ou seja, sem processo julgado. Adelaide, juntamente com seu irmão, eram traficantes contumazes. Durante o relacionamento amoroso, Adelaide acabou engravidando de Arquimedes. Como juíza da Vara de Execuções Criminais, me preocupava deveras com a reintegração dos presos à sociedade. Imaginava que teriam aspirações para mudar daquela vida desgraçada de crimes. Neste espírito, eu os incentivava, por meio de palestras na capela do presídio ou mesmo na Segunda Igreja Batista de Manaus. Buscava alcançar todos os presos, homens e mulheres, sejam aqueles de regimes fechados, ou do semiaberto e albergue.

Certo dia, em visita a um hospital público, deparei-me com Adelaide, em dores de parto. Adelaide estava presa à cama, algemada, com as mãos para cima, no encosto da própria cama. Fiquei observando aquela cena tão chocante. O parto parecia avançado, pois a moça estava sangrando. Chamei a guarda policial da Polícia Militar. Ponderei que soltasse pelo menos uma das mãos; além do mais, havia a guardete vigiando. Não seria possível nenhuma fuga.

A guardete disse que não poderia soltá-la, em obediência a ordens superiores. Pois bem, dirigi-me ao superior, um coronel da PM. Esse, após verificar a situação, deu-me razão e de imediato ordenou que as mãos da presa fossem soltas. Fiquei plena de gratidão pela compreensão. Me aproximei de Adelaide, falei-lhe sobre a importância de crer no bem, de dar um basta no sofrimento de sua vida. Como cristã, convoquei-a a reconhecer Jesus Cristo como libertador de todas as suas dores. Adelaide aceitou minhas palavras e aceitou Jesus como seu libertador, naquele leito de dor.

Ironicamente, ou até já recebendo bênçãos do Espírito Santo, na hora em que Adelaide deu à luz, não havia ninguém para levá-la. Então, eu mesma o fiz. Deu tudo certo.

Adelaide demonstrou enorme vontade de mostrar o filho a Arquimedes. Como ele estava em regime fechado, seria difícil. Então falei com a direção do presídio e pedi permissão para levar a criança até o pai. Permissão consentida, peguei Adelaide no Feminino com a criança. Fomos para a sala de visitas, onde os advogados, naquele tempo, falavam pessoalmente com seus clientes.

Resolvi fazer uma surpresa para Arquimedes. Escondi-me com a criança, atrás da porta. No momento em que adentrou à sala, eu saí com o bebê, entregando-o em seus braços. Inesperadamente, Arquimedes começou a chorar, mas bem alto. Ficou impactado, sensibilizado ao ver seu filho. Agradeceu-me bastante, e disse que jamais esqueceria aquele momento.

Falei de Jesus a Arquimedes também e para minha surpresa, lá dentro do cárcere, ele já havia começado a se reunir com irmãos da igreja, já havia aceitado Jesus em sua vida. Aos meus olhos, foi maravilhoso. Arquimedes havia se convertido de coração ao Cristianismo, tendo mudado seu viver, alcançando um comportamento ideal. Tal transformação se refletiu na oportunidade recebida de mudança de regime, ou seja, inicialmente, do fechado ao semiaberto e, finalmente, ao regime de albergue, que é quando o preso tem a permissão de ficar o dia fora da cadeia, voltando apenas para dormir.

Arquimedes terminou indo morar com Adelaide. Porém, certo dia, saindo sozinho, para pregar no centro da cidade, recebeu um tiro, ainda reflexo de seu passado criminoso. Chegando ao hospital, ainda conseguiu pedir perdão pelos pecados, falecendo em seguida.

A história não parou por aí. Tempos depois, fui à Segunda Igreja Batista e lá encontrei Adelaide, que me contou detalhes de sua vida pregressa. Ela me contou que conseguiu um grande milagre: venceu no 2.º grau seu processo criminal. Adelaide terminou por trabalhar na própria Igreja Batista. Seu filho deve estar hoje com uns trinta e poucos anos.

Lembrar disso tudo me impulsiona a continuar lutando do lado dos necessitados de conforto, de uma palavra amiga, de um gesto fraterno. Mesmo aposentada, sigo com minha missão de acompanhar aqueles que consentem.

Gato Branco? Não! Alexandre!

Gato Branco era o apelido de Alexandre Moreira. Entrou para o presídio pelo crime de furto, art. 155 do Código Penal brasileiro. Dentro do presídio, assassinou dois delinquentes, ironicamente chamados de Gato Preto e Gato Maracajá. Por um dos dois, foi absolvido por legítima defesa, e pelo outro, condenado a uma pena de cinco anos.

Na oportunidade em que eu dava palestras aos presidiários na capela, ele se fez conhecido, reclamando que lá estava preso pela condenação há mais de quatro anos, sem mudar de regime.

Ele também era considerado periculoso e ninguém se importava com a sua situação. Nem a assistente social lembrou-se de que deveria mudar de regime. Ele era muito mal educado e falava cantando: *"Dotora, já paguei quase toda a minha pena, e ninguém me faz nada..."*.

Deixa estar, que ele já havia feito um plano malicioso de me tomar como refém. Só que Deus não o permitiu e antes de seu plano macabro, ele mesmo se denunciou. Eu tomei a iniciativa de apreciar de imediato seu processo na execução penal, e verifiquei que, realmente, ele já deveria estar no regime de albergado. O Ministério Público foi favorável à mudança de regime e logo ele estava no semiaberto. Nessa ocasião, determinei que não seria permitido chamá-lo de apelidos, pois tinha um nome a ser chamado e era Alexandre Moreira.

Ao ministrar o regime semiaberto, eu indagava aos presos sobre o que eles pensavam fazer quando saíssem do presídio, e cada um ia dizendo de seus projetos. Mas Gato Branco dizia: *"Ah! Dotora! A senhora já sabe o que sei fazer, né?"*. Essa fala vinha com trejeitos, de um modo zombeteiro. Eu ficava chateada e na ocasião respondia que sabia sim que *"você só sabe furtar, roubar o alheio, e agora, matar, não é?"*. Lembro que virei as costas pra ele, mas, surpreendentemente, ele ficou a andar atrás de mim, se desculpando. Desde então passei a lhe desprezar e ele, a me abordar com possível dor na consciência por ter me desacatado com sua ironia.

Alexandre começou a aprender a ler no presídio e chegou ao ponto de ler a Bíblia pra mim. Fazia tudo pra me agradar. Eu via de longe suas atitudes. Entendendo que o chá de desprezo havia surtido efeito, resolvi retomar minha atenção para com ele.

Certa vez, Alexandre estava enfermado com uma unha encravada. A enfermaria do presídio não tinha medicamentos, então fui à direção do presídio e pedi autorização para levar um profissional da enfermagem para assistir a Alexandre. Consegui uma enfermeira, funcionária de uma farmácia. A profissional precisou extrair a unha, pois o pé estava muito inchado e dolorido. No momento em que a enfermeira estava a arrancar a unha, mesmo com o pé anestesiado, Alexandre ameaçava gritar de dor, então brinquei: *"Não mataste dois? Agora, aguenta a extração da unha!"*.

Alexandre conseguiu mudar do regime semiaberto para o albergue. O albergue permite que o detento possa trabalhar fora, mas Alexandre estava desfalcado de roupas, então fiz uma surpresa: comprei-lhe roupas novas e as levei, quando de sua saída. Nossa! Como ficou vibrante! Parecia outro homem, renovado! E não somente isso. Eu me preparei pessoalmente para levá-lo em casa no meu carro. Lamentavelmente, Alexandre não tinha uma casa para voltar. Não havia nem pai nem mãe para recebê-lo. Inclusive, sua mãe fora prostituta e ninguém sabia seu paradeiro. Um amigo meu de longa data o acolheu em sua casa por alguns dias até que pudéssemos contatar algum parente.

Um tempo depois, Alexandre me fez uma visita em casa. Trouxe um cacho de bananas como agrado. Fiquei feliz com a visita, com o agrado e mais feliz ainda com sua superação. Que Deus continue abençoando a vida de Alexandre Moreira.

Que Deus abençoe a todos os que passaram pelo meu olhar, a todos que ousaram se transformar. Que Deus tenha piedade dos que não conseguiram. Que Deus cuide daqueles que, mesmo com grande dificuldade, insistem na superação.

Maria de Nazareth

Capítulo 6
E a juíza tinha razão

Circunstâncias do Plantão Judiciário

O plantão judiciário é um serviço público, o qual garante o acesso ininterrupto à Justiça. Diz-se no Brasil que a justiça é para todos, estando expresso enquanto direito fundamental do indivíduo, de acordo com a Constituição Brasileira, art. 5.º, inciso XXXV, capítulo Dos Direitos e Garantias Fundamentais. Diz lá que "a lei não excluirá da apreciação do Poder Judiciário lesão ou ameaça a direito", deixando clara a indicação de que o Poder Judiciário deve estar atento a tudo aquilo que ameaça o direito do indivíduo, interferindo com suas justas providências conforme o caso.

Em 2004, houve uma reforma no Poder Judiciário por meio da Emenda Constitucional n.º 45, fortalecendo a presença do Judiciário no seio da sociedade. Mediante o acréscimo de um inciso — XII — no artigo 93 da Constituição, dispôs-se sobre a atividade jurisdicional. "A atividade jurisdicional será ininterrupta, sendo vedado férias coletivas nos juízos e tribunais de segundo grau, funcionando, nos dias em que não houver expediente forense normal, juízes em plantão permanente" (BRASIL, 1988, Emenda 45, art. 93).

De modo integral, o Poder Judiciário tem, em sua natureza, a disponibilidade – cega e dedicada – aos que dela necessitam auxílio. Sempre houve esse pressuposto enquanto sacerdócio implícito no Direito. Dias (2012) explica muito bem, em um artigo sobre plantão judiciário: "Assim como nas emergências médicas, que não têm dia ou hora para acontecer, também as urgências judiciais exigem solução rápida, preservando o direito. Eis a importância do Plantão Judiciário".

Em um plantão judiciário, aos juízes compete providenciar todas as demandas da hora, desde que não haja nenhum prejuízo à ordenação natural dos processos, sabidamente detalhistas. Entre as providências aguardadas pelos que buscam a justiça em seus plantões, estão os despachos relacionados a pedidos de liberdade provisória, isentos esses de impedimentos quaisquer e principalmente em contextos de urgência.

Contrapõe-se à urgência os casos em que o preso está há muito tempo detido, tendo havido seu processo corrido de acordo com os prazos correspondentes. Somente a urgência se põe como critério maior de acionamento do serviço de plantão judiciário. Isso também ocorre para que não haja incompatibilidade nem desrespeito à atuação do juiz natural, não plantonista.

Liberdade provisória

> Mesmo esses crimes que a lei pune com maior rigor, não sendo passíveis de fiança, graça e indulto, têm estabelecidos pelo CPP e pela lei número 8.072, de 25 de julho de 1990, prazo para instrução processual. Excedidos esses prazos, sem que o acusado ou a sua defesa tenha contribuído para a dilação, é dever do juiz analisar, e se for o caso, decidir contra ou favoravelmente à pretensão.
>
> Quanto aos crimes afiançáveis, de acordo com a lei 7.780 de 23 junho de 1989, art. 325 do CPP, tem nova redação, sendo dever do juiz fixar valor da fiança, de conformidade com o que ali está estabelecido. Por essa lei, verifica-se que, com exceção dos crimes considerados hediondos, quase todos são passíveis de arbitramento de fiança, consoante o dispositivo do artigo quinto da constituição Federal vigente. (NASCIMENTO, [entre 1994 e 1996?], s/p).

Ocorre que quando um preso ou presa ainda não têm condenação, situam-se na categoria de prisão provisória. Nesse caso, justapõe-se como importante ferramenta de direito a correspondente liberdade provisória. Essa evita o encarceramento desnecessário, bem como a exposição a ambientes adoecidos socialmente.

A liberdade provisória é um direito previsto no artigo 5.º, inciso LXVI, da Constituição Brasileira: "ninguém será levado à prisão ou nela mantido quando a lei admitir a liberdade provisória, com ou sem fiança".

Mais genericamente descrevendo, uma peça cujo teor seja um pedido de liberdade provisória contém a qualificação do crime, seu fundamento legal e um relato suficiente dos fatos. Segue um exemplo do pedido.

> EXCELENTÍSSIMO SR. DR. JUIZ DE DIREITO DA X VARA DO JÚRI DA COMARCA DE MANÁOS
>
> Autos do Inquérito: 1.111.111 – 01
>
> João Eduardo, brasileiro, casado, marceneiro, RG, CPF, residente na rua 1, casa 1, vem mui respeitosamente à presença de Vossa Excelência, por intermédio de seu advogado, escritório situado na rua 1, no. 1, Manaus (AM), com fulcro no artigo 310 parágrafo único do Código de Processo Penal, requerer:
>
> **LIBERDADE PROVISÓRIA** consoante os artigos 5º, LXVI, da Constituição Federal, aduzindo o que passa a expor:
>
> O requerente foi preso em flagrante na data de 01/01/1010, pela prática do crime tipificado no artigo 155, qualificado, encontrando-se preso no XXº Distrito Policial, sob a acusação de ter furtado um relógio na loja Panamericana Ltda.
>
> Todavia, a despeito de ter sido preso em flagrante, busca-se ora demonstrar a ausência de motivos os quais justifiquem sua segregação cautelar por mais tempo, já que o indiciado é réu primário, de bons antecedentes (DOC. 1), possuindo residência fixa (DOC. 2). Vale mencionar que o mesmo sustenta a si e à família – esposa e 3 filhos – como marceneiro (DOC. 3). Neste contexto, não se pode vislumbrar nenhum perigo à sociedade, além do que o preso

> explica seu delito como único e destituído de preme-
> ditação. Na ausência de dados que indiquem ameaça
> à ordem pública ou prejuízo à instrução criminal,
> entende-se desnecessária a manutenção da prisão.
> Cumpre notar que o preso ainda não foi ouvido
> em audiência.
>
> Evoco as jurisprudências compatíveis, vindo reque-
> rer, respeitosamente, à Vossa Excelência que seja
> concedida a Liberdade Provisória do preso, dando
> garantia absoluta de sua permanência no mesmo
> endereço e sempre ao alcance da observação da lei.
>
> Nestes termos, pede deferimento, Manaus, 30 de
> fevereiro de 1930 – Dr.ª Auxiliadora da Paz, OAB
> 4321 (NASCIMENTO, 2015, s/p).

Decorre, após o pedido entregue pelo advogado, o pedido de vista ao Ministério Público pelo magistrado, o qual poderá mostrar-se favorável ou não. Em sendo favorável, o magistrado poderá assim prescrever, em exemplo:

> O presente processo trata de pedido de liberdade pro-
> visória do preso Ajax Benedito, que cometeu delito
> de furto, art. 155 do código penal brasileiro. Sendo
> primário e de bons antecedentes, estando ainda sem
> seu interrogatório, e tendo o digno MP dado parecer
> favorável à soltura, para o momento, decido pela sua
> liberdade provisória, devendo aguardar julgamento
> em liberdade. Intime-se e cumpra-se. Expeça alvará
> de soltura (NASCIMENTO, 2015a, s/p).

Neste momento, não está encerrado o compromisso da Justiça com o acusado – agora em liberdade provisória. Todo o devido processo seguirá transcorrendo normalmente, devendo o acusado comparecer aos atos processuais correspondentes, além de outras condições para a liberdade, tais como não se ausentar do estado em que tramita o processo.

Ao se pensar bem, a liberdade provisória não incorre em nenhuma lesão social e ninguém deve fazer juízos à distância e sem o domínio de cada caso. Críticas sem fundamento jurídico à liberdade provisória decorrem de uma visão distorcida do que se concebe como justiça.

É lógico que temos um senso de justiça diferente dos órgãos jurídicos e muitas são as vezes em que condenamos o judiciário, o qual, de acordo com a lei, tenha libertado provisoriamente algum preso, desventuradamente, desafeto de algum setor da sociedade. Isso se deve ao nosso desconhecimento formal e profundo da legislação.

Nosso senso é comum; o do jurídico é jurídico, ou seja, sempre baseado em estudos e leis. É notório que não se pode concluir que os sensos estejam desconectados. Muito pelo contrário, as leis jurídicas são complementares ao senso comum, pois foram formuladas por pessoas e não por alguma inteligência artificial. E tem sido natural que, na medida em que se reconhece alguma deficiência ou imperfeição jurídica os próprios juristas atualizem, reformulem, e até originem uma nova lei. Em tese original, é imprescindível confiar na prudência jurídica.

E a juíza? Tinha razão?

Mamãe tem vivido esses anos todos com a certeza de que todas as suas providências, enquanto juíza, alinharam a justiça brasileira, em seu lado mais humano e sensível, à sociedade. Sua vivência junto aos presos lhe permitiu adentrar a um pedaço sofrido de nossa sociedade, fragilizado, desamparado, mas que, por tantas vezes, pôde superar a própria a dor, o próprio destino e isso demonstra que, da melhor forma, ela cumpriu sua missão, que era de abnegação e entrega para os necessitados. Com ela, puderam ressignificar a esperança, se apoiar em seus ombros, deixando-se carregar, em confiança, aguardando as boas novas, a transformação de suas vidas para melhor.

Pelo jugo da lei, com o amparo da Bíblia, em suas palavras de conforto, em suas ações proativas, foi dessa forma que ela percorreu toda a sua estrada como juíza.

Mamãe acredita que sempre foi correta em suas atitudes, em seu discurso, em sua luta, em suas decisões. Sim, a juíza tinha razão! Em tudo, teve razão! Como não?! Valeu tudo! Valeu a garra, a luta! Valeram as vidas transformadas! Razão maior de tudo. Sim, e a juíza tinha razão!

Figura 13 – Dr.ª Nazareth em seu último expediente como juíza. No mesmo dia, foi publicada sua aposentadoria, em 1998

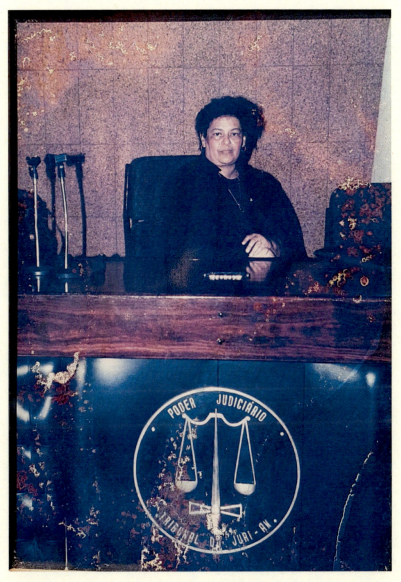

Fonte: acervo pessoal

REFERÊNCIAS

ADVOGADA diz que juíza "apenas cumpriu a lei". JORNAL DESCONHE-CIDO. Manaus, AM: [1991?]. Acervo pessoal.

ADVOGADA esclarece as denúncias contra juíza. JORNAL DESCONHE-CIDO. Manaus, AM: [1991?]. Acervo pessoal.

A CARTA. **A Crítica**, Manaus, 12 ago. 1993. Acervo pessoal.

ADVOGADOS defendem juíza. JORNAL DESCONHECIDO. [Manaus, 1991?]. Acervo pessoal.

BENCHIMOL, Samuel. **Amazônia**: Um pouco-antes e além-depois. Coleção Amazoniana – 1. Manaus: Editora Umberto Calderaro, 1977.

BÍBLIA E VIOLA. JORNAL DESCONHECIDO. Manaus, [entre 1991 e 1996?]. Acervo pessoal.

BRASIL. **Constituição (1988)**. **Constituição da República Federativa do Brasil**. Brasília, DF: Senado Federal: Centro Gráfico, 1988.

DIAS, Gustavo Henrique Holanda. O plantão judiciário: garantia de acesso à justiça todos os dias. **Revista Jus Navigandi**, Teresina, ano 17, n. 3260, 4 jun. 2012. ISSN 1518-4862. Disponível em: https://jus.com.br/artigos/21912. Acesso em: 4 mar. 2021.

ESTEVES, Ana Maria; NOGUEIRA, Francisco. **[Correspondência]**. Destinatário: a quem interessar possa. 1 Declaração. Manaus, 11 fev. 1992. Acervo pessoal.

FARIAS, Orlando. Estagiários vão ser contratados para o mutirão. **A Crítica**, Manaus, 20 fev. 1993. Acervo pessoal.

FREITAS, Armando. A juíza cumpriu a lei. **A Crítica**, Manaus, 7 dez. 1991. Acervo pessoal.

JUÍZA prega Justiça e a fé. JORNAL DESCONHECIDO. Manaus, [1991?]. Acervo pessoal.

JUNQUEIRA, Hermengarda. Advogados. **A Crítica**, Manaus [1978?]. Acervo pessoal.

JURAMENTO de Seis Novos Bacharéis. JORNAL DESCONHECIDO. Manaus, [1978?]. Acervo pessoal.

JUSTIÇA é indústria da impunidade. **A Crítica**, Manaus, [1993?]. Acervo pessoal.

LIBERDADE provisória para 155 detentos é solução encontrada. **A Crítica**, Manaus, 8 jun. 1994. Acervo pessoal.

MAGISTRADA nega afastamento. JORNAL DESCONHECIDO. Manaus, [1991?]. Acervo pessoal.

MOROSIDADE da justiça prejudica detentos. **A Crítica**, Manaus, 7 dez. 1991.

MONTEIRO, Shirley. Circulam... JORNAL DESCONHECIDO. Manaus, [1994?]. Acervo pessoal.

NASCIMENTO, Maria de Nazareth Farias do. **Discurso de formatura.** Manuscrito. Manaus, 1977.

NASCIMENTO, Maria de Nazareth Farias do. **Querido diário.** Manuscrito. São Paulo de Olivença, [1988?].

NASCIMENTO, Maria de Nazareth Farias do. **Modelo de pedido de liberdade provisória.** Informação verbal. Manaus, 2015.

NASCIMENTO, Maria de Nazareth Farias do. **Modelo de prescrição de soltura de preso em liberdade provisória.** Informação verbal. Manaus, 2015a.

NASCIMENTO, Maria de Nazareth Farias do. **Progressão de regime à Luz da Lei 8.072/90 (crimes hediondos).** JORNAL DESCONHECIDO. Manaus, [1997?]

NASCIMENTO, Maria de Nazareth Farias do. **Liberdade provisória.** JORNAL DESCONHECIDO. Manaus, [entre 1994 e 1996?]

NASCIMENTO, Maria de Nazareth Farias do. **Pelourinho**. Manuscrito. São Paulo de Olivença, 1991.

NASCIMENTO, Maria de Nazareth Farias do. **Mudança de vida**. Manuscrito. São Paulo de Olivença, 1996.

PRESOS podem ser recolhidos novamente à penitenciária. **A Crítica**, Manaus, 7 dez. 1991. Acervo pessoal.

RUIZ, Fernando. Casamento de preso marca indulto natalino na PCE. **Amazonas em Tempo**, Manaus, 20 dez. 1997. Acervo pessoal.

RUIZ, Fernando. Superlotação multiplica problemas no presídio. **A Crítica**, Manaus, 7 fev. 1993. Acervo pessoal.

SOLTURA só é alvo de críticas. JORNAL DESCONHECIDO. Manaus, [1991?].

TRIBUZZY, Eulinete. **[Correspondência]**. Destinatário: a quem interessar possa. 1 declaração. Manaus, 18 mar. 1992. Acervo pessoal.

VASCONCELOS, Luiz. Preso acusa direção da penitenciária. **A Crítica**, Manaus, 13 ago. 1993. Acervo pessoal.

Páginas Consultadas

CIDADES do Brasil. **Cidade-Brasil**, [s. l.], 2016. Disponível em: https://www.cidade-brasil.com.br/municipio-sao-paulo-de-olivenca. Acesso em: 1º. ago. 2016.

HITÓRIA. **IBGE**, [s. l.], 2016. Disponível em: https://cidades.ibge.gov.br/brasil/am/sao-paulo-de-olivenca/historico. Acesso em: 1º. ago. 2016.

MAPA DO AMAZONAS. Disponível em: https://www.guiageo.com/amazonas.htm. Acesso em: 1º. nov. 2021.

UNIVERSIDADE FEDERAL DO AMAZONAS – UFAM. **História**, Manaus, 2021. Disponível em: https://ufam.edu.br/historia.html. Acesso em: 7 set. 2021.